Yuko Haruyama
春山由子

仲が良かったのは、難病のおかげ

講談社

はじめに

私の夫は「車椅子社長・春山 満」です。

進行性筋ジストロフィーという難病を抱え、体の機能の多くを失いながらも、力強く、どんなことがあっても前へ前へと進んでいく。そんな春山と二人三脚で、三十数年の人生を共に歩んできました。

付き合い始めた頃にはまだ難病であることもお互いに知らず、輝くような日々を過ごした二人。突然の難病発症後も、惹かれ合う気持ちは変わらず、結婚した二人。やがて、会社を起こした春山は、かつて介護・福祉の世界が持っていた痛々しく暗いイメージを変え、本当に求められている商品やサービスを提供していくために奮闘を続けていきます。私はそんな春山の姿にワクワクしながらも、日々の介護や二人の息子の世話、さらには商売を支えるための金策に追われ、毎日が時間との闘いでした。「首から上は商売人、首から下は要介護者」と明るく自称する彼と歩んできた日々の中、私たちはいくつもの大きな山を乗り越え、どんな暗闇の中にいても光があることを信じて前に進み続け、そして、そんな毎日を心から「楽しかった」と思えるいまがあります。

春山が生涯を閉じてから、はや一年。失った存在の大きさにまだ悲しみが癒えることはありませんが、息子に説得され、私たちの三十数年間の出来事を一冊の本にしようと決意しました。何度も先の見えない暗闇の中に放り出されては、「自分が信じた道を進めばいいのだ」と思って今日まで生きてきた私は、同じように、出口のない暗闇の中、手探りで生きているみなさんに、「こんな生き方もある」と伝えたいと思ったのです。

私はよく「なぜご主人が難病だとわかっていたのに結婚したのですか?」と質問さ

れます。けれど、私にとっては難病であろうとなかろうと、春山は春山であり、「この人と一緒に生きていきたい」と思ったのです。誰にどう言われようと、どう思われようと、「自分がどう生きたいのか」ということが、私にとってはいちばん大切なことだったのです。

どんなにたいへんな日々でも、自分が選んだ道なら耐えていけます。そして苦労を乗り越えたときには大きな喜びが待っていました。何よりも、それを味わう瞬間こそが、生きていることの喜びとなったのです。

もちろん私自身、若かりし頃には「時間に追われ、眠ることもままならないような人生で終わっていいのだろうか。自分が生きる意味はそこにあるのだろうか」と、迷い悩んだ時期もありました。けれど、多くの山を越えていく中で、自分に与えられた役割があることに気付き、忙しくたいへんな毎日に小さいながらも喜びや楽しみを見つけ出していくことができたのです。振り返ってみれば、その繰り返し、その積み重ねの中で、自分自身も成長できたように思います。

二三歳で春山と再会し、六〇歳までを共に過ごした三七年間を通じて、乗り越えてはまた新たな山を登るような日々を繰り返してきました。暗闇に落ちては登り、また落ちてはその先に向かう、そんな毎日。けれど、その繰り返しがあってこそ、「人生って面白いもの」と思えるのです。自分として間違っていなかった、この道を選んで正解だったのだと、いまとなっては思えるのです。

いま、終わりのない、果てしない暗闇の中にいると感じている人たちもきっといることでしょう。そんなみなさんにとって、私が生きてきたこれまでの日々をつづったこの本が、その苦しみを和らげる一助になれば、そして、前に進んでいくための希望の光を見つけるヒントに少しでもなればと願っています。

春山由子

目次

仲が良かったのは、難病のおかげ

第一章　輝く太陽のような日々

二人で人生論を語り合った高校時代

春山満との出会いは高校時代のことでした。同じ高校に通っていた彼はやんちゃで、同学年の番長的な存在。すでに周囲から一目置かれていました。私自身も彼のことを知ってはいたけれど、同じクラスになったことはなく、特別に接点もありませんでした。

きっかけは高校二年生のある日。遅刻寸前で教室に向かっていた私は、「どうせ間に合わないから」と焦ることもなく、運動場を斜めに横切っていたのです。その様子に目を留めたのが、まさに春山その人でした。みんなが体操をしている姿とは対照的に、ゆっくりとマイペースで歩く私の姿を見て、「あの子は誰や？」と気になって仕方なかったのだそう。

その後、春山から放課後の教室に突然呼び出され、「付き合ってほしい」と告白されましたが、断る理由も特になく、軽い気持ちでOKしました。当時の私は周囲よりもちょっと大人びていたようで、先輩から告白されたり、後輩から慕われることはあっても、同級生の男子にとっては怖い存在だったらしく、近づいてくる子もほとんどいませんでした。だからこそ、彼のことを「なかなか根性がある」と思ったのかもしれません。同学年の男性と付き合った経験は、後にも先にも春山一人きりでした。

お付き合いが始まってからは、いわゆる恋人同士とはちょっと違う関係になりました。ジャズ喫茶やロック喫茶に出かけては、高校生なりの人生論をいつも語り合っていました。彼もかなり大人びていて、いつもいろんなテーマを投げかけてきたり、自分の読んだ小説について熱心に語ったり。

私もそれに感化されて、いろんな本を読みました。サガンの『悲しみよこんにちは』や高村光太郎の『智恵子抄』に胸を揺さぶられた記憶があります。彼の薦めてくれる本はいつも哲学的な内容で、芯の強い女性が出てくるものも多かった。主人公の生き方に深く共感し、いつしか「私もそんな生き方がしたい」と思うようになっていました。あれはもしかして、私自身の根底にそうした強さがあることを感じて、教えようと思ったのかもしれません（笑）。

じつは当時の春山は、「医者になれ」と言う父親に違和感を抱き、「小説家になりたい」と言っていたのです。また、「もしも自分が医者になるのなら無医村で役立ちたい」と熱く語っていて、「一歩進んだ考え方をする人だなあ」と感心したものでした。当時の私にとっては、女友だちとより、彼と話をするほうが刺激的で、向上心をそそられました。

また、行動力も人並み外れていた春山は、高校の卒業式直前に「学校の卒業式をボイコットし、自分たちで卒業式をやろう」と呼びかけ、実際に卒業生の半数がボイコットしたのです。私ももちろんそれに参加し、親しい仲間と自由に卒業式を楽しみました。

数年前の学生紛争の影響を受けていたのかもしれませんが、いち高校生が多くの人を動かし、それまで当たり前だった常識を打ち破る姿には、のちの介護・福祉の世界の常識を覆《くつがえ》してきた片鱗《へんりん》がすでに現れていたように思います。

そんな風に、高校生のお付き合いにしてはちょっと変わった関係の二人でしたが、高校卒業とともに疎遠になり、やがて自然消滅へ。ただ、不思議だったのは、半年に一度くらい、なぜか春山を思い出すということ。何かの折に、ふと「彼はどうしているんだろう」と、その存在が頭をかすめるのです。お付き合いしていた当時は恋心などみじんも感じることはなく、刺激を与えてくれる友人という関係だったので、あれは本当に不思議でした。

久々の再会でも自然に一緒にいられた

私が春山と再会したのは、高校卒業から四年を経たときのこと。当時二三歳だった私は、京都にある染織を学ぶ学校に通う一方、アルバイトで一人暮らしの生計を立てる日々を過ごしていました。

　そんな折、高校時代の同級生から「ヨーロッパに渡航していた春山くんが帰国した」と聞き、何気なく電話をしてみようと思ったのです。あいにく、本人は不在だったけれど、その日のうちに彼から電話があり、すぐに家まで会いに来てくれました。

　彼はヨーロッパ放浪中に、父親が経営していた不動産会社倒産危機の知らせを受けて帰国し、とりあえず会社を整理する父親の車の運転手をしていたそうです。

　高校時代には何時間でも話し続けていた二人だったのに、こうしてお互い大人になってみると、なぜか口数は少なくて。けれど、会話のない時間も気まずいムードはまったくなく、ごく自然に一緒にいることができました。

　聞けば、「ヨーロッパではプータロー生活をしながら、おまえの小説を書いていた」と言うんです。何だかこそばゆいような気分もしましたが、それだけ私に思い入れを持っていてくれていたのかと驚き、また同時に、自分自身もふとした折に彼を思い出していたことに、不思議な縁を感じました。

　そして、これは後日に聞いた話ですが、彼の中では再会した瞬間に「結婚しよう」と決めていたと言います。思い込んだら一直線。そんな春山らしさを感じました。

再会の数日後、春山から「もう一度、付き合いたい」と言われましたが、すでに私の耳には「あいつはかなりの遊び人で、いろいろな女性と付き合っている」という情報が入ってきていたんです。

そこで私はこう伝えました。

「一週間あげるから、関係をすべて清算しておいで。そうしたら付き合ってあげる」

すると彼は、「わかった」と即答し、本当に一週間ですべての関係を清算してきました。

正直な話をすれば、私は画家を目指すような芸術家肌の男性を支えたいと思うタイプだったので、春山のようにグイグイ引っ張っていくタイプの男性にはときめきは感じませんでした。けれど、ここまでされたら、さすがにＯＫしますでしょう？　とはいえ、このときまだ私は、目の前にいるこの男性と結婚するなんて夢にも思っていませんでした。

遊びも全力投球

彼の本気に押され、再びお付き合いを始めた私ですが、一緒に過ごすにつれ、彼のダイナミックな人間性にどんどん惹かれていく自分がいました。特に、その遊び方はとてもダイナミックで、どこかに出かけるたびにカルチャーショックを受けました。たとえば海に連れて行ってもらったとき。普通付き合い始めたばかりのカップルで海に行くとしたら、浜辺でのんびり寝転んだり、波打ち際で遊ぶ程度のものを想像するのではないでしょうか。

ところが彼はいきなり、「ボートを借りてきたぞ」。驚く私は、あれよあれよと言う間に小さなボートに乗せられ、誰もいない沖のほうへと連れて行かれました。カナヅチの私は浮き輪につかまってのんびり浮いているばかりでしたが、彼はその脇で素潜りを始め、モリで魚を突いてきたり、サザエを取ってきたり。獲物を掲げて見せられるたびに、私はもう驚くやらおかしいやら（笑）。それこそ一日中、日が暮れるまでやっています。そして、黄昏《たそがれ》時になれば、今度は近くの島で獲った魚介類のバーベキューを楽しむ手筈《てはず》が整っているわけです。

「この人は本当に全力で遊び尽くす人なんだなあ」と圧倒されながらも、私も一緒になって思いきり楽しんでいました。

冬場にスキーに出かけたときも、彼のスパルタぶりに最初は驚きました。私ははじめてだったから、どう滑ればいいのかもわからない。リフトに向かう緩い斜面でスキー板を着け、「どうやってあそこまで行くの？」と聞いたら「ええから滑り降りろ」。私も私で細かいことは気にしないタイプなものですから「あ、そう」と、怖いもの知らずで滑り出すと、スピードはどんどん増していく一方。

「これで、ええんかな？」と思っていたら、後ろから「こけろ！　こけろーー!!」と必死で叫ぶ彼の声が聞こえてきました。これはさすがにマズいと感じ、一生懸命転んで止まろうとしましたが、そもそも転び方も知らないし、ものすごいスピードなのでそう簡単に止まれるわけもありません。必死で体を倒し、ようやく止まったのは、断崖絶壁の一歩手前！　なんと真下には温泉がボコボコと沸いていました。ようやく追いついた彼もそれを見て唖然とし、二人で顔を見合わせてから大笑いしました。

その後も、リフトに乗ったとたん、私のスキー板の先端が真下の積雪に刺さり、そのままごろんと下に落ちてしまって大笑い。上までようやくたどり着いたと思えば、そこはいきなり中級者コースでまたビックリ。結局、ふもとまで滑り降りるのに三時間もかかりました。とはいえ、次の日には同じコースを三〇分もかからずに降りることができたんですから、スパルタが良かったのかもしれません。私も私で、何でも丸ごと受け入れて面白がってしまうほうですから、無茶苦茶なことを始める彼との相性はすごく良かったようです。

いちばんよく覚えているのは二人でビールを飲んだこと。雪山に大瓶を二本埋めて冷やしている彼を見て「栓抜きもないのにどうするの?」と思っていたら、当たり前のように栓を自分の歯でポーンと抜いてしまいました（笑）。滑った後にキンキンに冷えたあのビールのおいしかったこと。いまでもときどき、思い出します。

型破りなやんちゃぶり

当時の春山のやんちゃぶりを表すエピソードは、いくらでもあります。

あるとき、友人と二台の車に分乗して遠出したら、前を走っていた友人の車が上り坂の途中でエンストを起こしてしまいました。すると春山は突然車を発進させ、友人の車のバンパーにどーんと当てて、「このまま行け、行けぇ！」と叫びながら、どんどん坂道を押し上げて行くんです。彼が滞在していたヨーロッパでは、駐車している車のバンパーに当てて車を移動させることなんて日常茶飯事だったそうですが、こちらとしては「そんなやり方でいいの⁉」とカルチャーショックを受けるばかりでした。

大阪のミナミの飲み屋街にもよく連れて行ってもらいましたが、彼はいろんな店の人たちに可愛がられていて、タダで飲ませてもらうこともしょっちゅうでした。

そんなある日、店に向かうエレベーターに乗ろうとしたら、二人の男性が降り際にすれ違いながら私の肩を触ったんです。酔っぱらいがちょっかいを出しただけのことですし、私は気にせずそのまま乗り込みました。

ところが、春山は閉まりかけた扉をぐっと両手で開き、「おい、待て！」と叫んだのです。彼らが振り返った瞬間、春山がそのお腹をドカッと蹴り、そのまま扉から手を離しました。尻もちをついたまま、呆然と見上げる酔っぱらいを尻目に、スルスルと閉まるエレベーターの扉。涼しい顔で振り返る春山に、思わず笑ってしまいました。

高校時代からケンカも強かった彼ですから、もちろん腕っぷしにも自信があったのでしょう。けれど、不良というわけではなく、高校時代の最後のテストでは学年トップになっていたのを記憶しています。だからなのか、本当にマズいときにはさっと撤退する賢さがあり、不安に思うことはありませんでした。ボクシングをかじった時期もあったようですが、「鼻が千切れそうに痛いから」と二〜三試合やってやめたと言うんですから、意固地にケンカの売り買いをすることもなかったんでしょう。

お酒の飲み方もとにかく豪快で、次の日に仕事があっても一人でウイスキーのボトル一本は空けてしまう。翌朝、二日酔いのまま車を走らせ、気分が悪くなった彼は、赤信号でドアを開けワーッと吐き、バタンと閉めてそのまま走らせたりしたこともあったそうです。とにかく、いろんなことが型破り！　世の中の常識にとらわれない破天荒な人だといつも感じていました。本当にこの頃は、輝くような時代だったと思います。何もかもがキラキラとしていて、私たちの未来まで光り輝く太陽が照らしているような、そんな日々を過ごしていました。

第二章　借金と病気

彼はダイヤの原石かもしれない？

二人のタイプは正反対で、いわば凹凸のようなものでした。もちろん彼がどーんと前に出てくるきかん坊で、言い出したら絶対に聞かない。私はそれを「しようがないなあ」と笑いながら受け止める。どこかに行こうというときも突然決めてしまうし、夜中にいきなり「海に行くぞ！」と言われたこともありました。

けれど、毎週のように一緒に出かけ、二人で過ごす時間を積み重ねるうちに、「この人が好き」という気持ちはどんどん増していったのです。

型破りな彼と一緒にいるうちに、自分では気づかなかった「本当の自分」を引き出してくれるような、そんな不思議な気持ちを味わえたのです。世の中の常識に左右されることなく、いいものをいいと言える。人の目を気にすることなく、やりたいと思うことをやれる。彼と一緒なら、自分に正直でいられるんです。

二人に共通していたのは、価値観とあっけらかんと楽観的な性格だったこと。だから、どんなことが起きても、すべて思いきり楽しんでしまえるんです。二人なら、何があっても乗り越えられる。そう思うことができました。

春山から「結婚」の言葉が出てきたのは、再会から一年ほど経った頃でした。

「三年後、二七歳になったら結婚しよう」という突然のプロポーズでしたが、私は「いいよ」とあっさりＯＫしました。

この頃、春山は不動産業で起業したばかりの時期でした。彼の父親の会社は結局倒産し、春山は残った借金も背負いながら独立して起業の道を歩んだのです。やると決めたらとことんやる彼は、宅建（宅地建物取引主任者）の資格試験にも独学で取り組み、猛烈な集中力であっという間に免許を取ってしまいました。何かをやろうと思ったときの尋常ではない行動力と集中力。そこもまた彼の大きな魅力でした。

じつは、わが家には「息子の二四歳の誕生日には地球儀を贈る」という行事がありますが、これは春山の二四歳の誕生日に私が地球儀を贈ったことから始まっています。まさに独立したばかりの時期で、彼は嬉しそうに笑って「地球儀か！　オレに〝世界征服せい〟いう意味やな?」と言ってました。でもこれ、本当のところは、飲み屋でもどこでも、私に話しかけてくる男性をすぐに追っ払おうとする彼に「もうちょっと広い心を持ってほしい」という意味もあったんです（笑）。

彼が〝二七歳〟という具体的な数字を出してきたのは、「不動産の仕事は三年で軌道に乗せられるだろう」という考えがあってのことでした。新大阪の駅の近くに自宅兼事務所を持つだけの彼は、お金もなければ地位もなく、あるのは借金ばかり。けれど、「この人は磨いたら光る、とてつもなく大きな可能性を秘めているかもしれない」と、私にとっては、春山はダイヤの原石のように見えたんです。まだ何者でもないけれど、普通の男とは違う、その先に見せてくれるものに期待せずにはいられない何かを持っているはず。そんなワクワクさせるものを感じていました。

それに、このときの私はすでに、彼と一緒ならどんなときでも、何があっても楽しくやっていけるという確信を抱いていたのです。

「何もないところから二人で何かを築き上げることができたら、どんなに楽しいか」

元来、ものづくりや芸術が大好きな私には、この人と生きていく人生そのものが、自分が手がける織物のように思えたのです。二人の人生の縦糸に横糸を一本一本織り込んでいき、そして、完成したときにその喜びを味わう。そんな素晴らしい未来をつくり上げることができる、と。

待っていたのは借金地獄

起業してからの彼はまったくお金がなく、私に無心に来ることもしょっちゅうでした。不動産業という商売柄、入るお金より出るお金が先に動くことはいつものこと。現場の作業員に食事をさせるのにもずいぶんお金がかかったようです。遊びに使うわけじゃないし、仕事で一時的に必要なだけで、全体は回っていることもわかっていたので、私も「ええよ」といつもお金を貸していました。

こうして結婚資金として貯めていた三〇〇万円もすべて貸してしまいました。もちろん、借りっぱなしだったわけではなく、入金があった後には返してくれましたし、気前良くプラチナのネックレスをくれたこともありました。けれど、私にプレゼントしてくれたものも、結局、みんな彼が質屋に持っていくのです。あれもこれも質屋に入れて、もう入れるものが何もなくなってしまったとき、私が白黒の小さなテレビを指差して「じゃあ、これでも持っていく?」と言うと、彼は一瞬黙った後、「さすがに、それはええわ」。二人で顔を見合わせた後、大笑いしてしまいました。

ひどかったのは、二人の手持ち金を合わせても一〇〇〇円しかなかったとき。それでも二人とも楽天的な性格。春山が「これを元手にパチンコで増やせばええ」と言い始め、私も「じゃあ、今晩はステーキにしよか」。それで、春山が五〇〇円、私が二〇〇円を使って、本当に勝ってしまった。

お金はないし、苦労はしたけれど、その状況を二人ともすごく楽しんでいました。「これが一生続くわけじゃない。絶対にこの先に光がある」という思いがありました。振り返れば、本当に楽天的な二人でした。

借金地獄は、結局五年ほど続きました。私の貯蓄をすべて貸しても回らない状況でしたから、やがて、私の父親にもお金を借り、私の姉夫婦にまでも借りるようになっていきました。

この頃、すでに春山は私の実家にもよく遊びに来ていて、話し上手で面白い彼のことをみんな好いていたので、「彼の仕事で必要だからお願いします。必ずこのタイミングに返すから」と私がお願いしたら快く応じてくれました。

最初に姉夫婦に頼みに行ったときには、心配げな顔をしている姉に向かって、義理の兄が「ええやん、貸したりい」と言い、一切何も聞かずに二〇万円を貸してくれました。本当にありがたくて涙が出そうでした。姉夫婦は二人とも公務員のため、「毎月二〇日頃にお給料が入る」と知っていたものですから、その後も毎月のように給料日を目指して借りに行きました。一度や二度ではなく、あわせて一〇回は借りに行ったと思いますが、二人とも、いつも快く貸してくれたものでした。

もちろん、春山は約束をきちんと守り、毎月、入金があった後には、必ず借りた分の金額を返していました。とはいえ、頭を下げて借りに行くのはいつも私。だんだん毎月二〇日が近づくと胃がきりきりと痛み出すようになりました。最後には、弟に頼んで結婚資金まで借してもらったんですから、我ながら「家族みんなを巻き込んで、よくもまあ不安にならなかったなあ」と思います。

やはり、その根底には、春山が特別な何かを持っている男であり、自分が彼を支えていくことできっと何かを成し遂げられるはずだという予感があったからでしょう。根拠も何もないくせになぜか確信していたわけで、いちばん楽天的だったのは、私だったかもしれません（笑）。

進行性筋ジストロフィーと告げられて

私が春山から「進行性筋ジストロフィー」であるということを告げられたのは、彼が借金地獄の真っただ中にあった二六歳のときでした。

お金のない私たちは、喫茶店に入ることすらできず、春山が父親から譲り受けた車の中でいつもおしゃべりをしていました。新大阪の彼の事務所から私の実家まで、よく車で送ってもらっていました。あの頃は二人して吉川英治の小説にハマり、『宮本武蔵』や『三国志』などを回し読みしていたものでした。

ある日、いつものように車で送ってもらったとき、めずらしく彼が黙り込みました。そして、淡々とした口調で「専門病院に行ってみたら、進行性筋ジストロフィーという難病だとわかった」と告げたのです。

進行性筋ジストロフィーという病名すらよく知らなかった私は、ただ黙って彼の話を聞いていました。すると、「いまはまだいいが、徐々に筋力が落ちていき、じきに車椅子に乗らなければならない状況が来るだろう」と言うんです。

昨日まで「三〇歳になるまでにビルを建てたる」と豪語していたこの人が？　運動神経抜群で、スキーも泳ぐのもゴルフも上手で、ビリヤードもプロ級の彼が車椅子？　私にはそのイメージがまったく湧かず、ただ、いつものように「そうなん？」と答えるのみでした。

思えば再会して少し後の二四歳の時点で、すでにその兆候はありました。一緒にスキーに出かけたとき、急にストックを落としたり、平らなところで転んだりしていたんです。ぶら下がり健康器を試したときに、いきなり落ちたこともありました。

あの頃、何も知らなかった私は、「なんでそんなところでこけるん？」と無邪気に笑っていました。本人も「運動不足だろう」と、バットを持って素振りなんかしていたくらいで、それが病気のせいだなんて想像もつかなかった。けれど、やっぱり力が入らなくなっていったんでしょう。

病名の告白をされる少し前には、少しだけ歩き方がぎこちなくなっていましたが、このときですら、二人とも「腰が悪いんかな」くらいにしか思っていなかった。彼が病院に行ったのも、「一度診てもらえ」と、春山の兄に病院に行くように勧められたことがきっかけでした。

事故でも何でも、突然の災難に見舞われたとき、人は他人事のように思うものですが、このとき、「〝明日は我が身〟とはこういうことか」と実感しました。この状況は、たまたま彼に起きただけのことで、自分だってこの先に何が起きるかはわからない。ただ、たまたま、そうなっただけなのだと。だから、「難病だからお付き合いをやめる」とか、そういう発想になることはまったくありませんでした。

「自然体でいよう」と決意

そこからの数年は、彼の体が次第に動かなくなる様子を間近で見守る日々でした。進行性筋ジストロフィーという病気の進行は、人それぞれのタイプによって違います。春山は手先、足先から徐々に筋力が落ち、最後に内臓へと進行する「遠位型」というタイプ。結婚してからの三〇代が最も進行が早くて、二〇代のこの頃は、「歩き方がぎこちなくなってきた」とか、「階段がつらそうだな」とか、まだ少しずつしか変化を感じませんでした。

その頃、私の中で大切にしていたのは、できるだけ自然体でいること。「自分が彼ならどう思うだろう。どう感じるだろう」と考えた結果、気を遣い過ぎることなく、自然のままに振る舞うことがいちばんだと思ったのです。

二人で杖をつくりに出かけたときもそうでした。歩き方がどんどんぎこちなくなって、「危ないから杖が必要だ」という話になり、オーダーでつくることにしました。

握力が落ち、しっかり握ることができなくなっていたので、彼の手型を石膏で取ってもらい、ぴったりと手を載せられるようなものをつくってもらおうとしたのです。

当時から春山はアイデアマンで、私もまた、ものづくりが好きでしたから、彼が「こうしよか」と言えば、私も「こうしたらええんちゃう？」と二人で知恵を出し合いました。そうして二人のアイデアを形にしてくれる業者を探し出し、オリジナルの杖を実現させることができたのです。杖が完成した後、製作してくれた業者さんから「うちの会社で商品にさせてもらってもいいですか？」とお願いされたほどの完成度でした（笑）。

二人で一緒に工夫すれば何とかやれるもの。思えば、これが私たちの商品開発第一号でした。

親には子どもが生まれるまで言わない！

正直、彼の病気が発覚した後にも、二人の将来に不安を感じたことは、さほどありませんでした。絶対に何とかなる。どんなに大変な状況になろうと、そこには光があると信じていたんです。たとえ彼の体が動かなくなっても、できないことは私がやればいいし、お互いに補い合って生きていけばいい、と心に決めていました。

その頃には自分の中で、春山がそれだけかけがえのない人になっていたということでしょう。病気などより、再会後に付き合い出してから味わった数々の楽しい思い出のほうがはるかに大事だったんです。おかげで自分も変われたし、本当の自分を引き出してもらった。彼と一緒にいてこそ、本来の自分でいられるんだと実感できた。あの輝くような二年間を過ごしたことで、「いままでも楽しかったし、これからも二人ならきっと楽しい。ずっと一緒にいたい」と思えました。

ただ、彼の体が次第に動かなくなる様子に、私の両親も姉弟も友だちも、みんな心配げな顔をしていました。それはそうでしょう。娘が結婚を前提に付き合っている男が、会うたびに歩き方がぎこちなくなり、杖をつくようになり、やがて階段を上がるにも手を突かなければならないような状況になっていったわけですから。

もちろん、春山は「由子の両親にもちゃんと説明をしたい」と言っていました。けれど、私は「絶対に、それだけはしたらあかん！」と、断固として止めたのです。もしも自分が親の立場であれば、まず反対する。家族はみんな春山の人柄を好いてくれていましたが、難病を抱えている相手と結婚すると言えば、どこの親だって心配も反対もするでしょう。

けれども、私はもう「彼と結婚するのだ」と決めていて、その想いが揺らぐことはありませんでした。親が心配することがわかっているなら、少しでもその心配を大きくしないためにも、いまはまだ伝えないほうがいいと思ったのです。

そこで、しばらくは「腰が悪いから」で通して、結婚後に子どもができてから真実を伝えようと言いました。それなら、親もあきらめがつくだろうと。春山は私の頑固さにあきれ返っていましたが、結局、結婚しても長男が生まれるまでは、ずっと「腰が悪い」ということに徹しました。

第三章　新婚生活は加速する病状と共に

同情だったら結婚しない

　春山が借金地獄からようやく抜け出したのは二九歳の頃です。約束の歳からは二年過ぎていましたが、一息つき、やっと結婚を考えられる時期になっていました。

　当時、春山は車の乗り降りも最小限にとどめるため、まだ非常に高価だった自動車電話を購入したほどでした。握力も次第に失われつつあったので、手が滑らないようにテニスラケットに使うテープをハンドルに巻いたり、ドアの把手に釣り糸のようなものをつけて、手首の力だけで開くようにしたり。有り合わせのものを使い、二人でいろいろ工夫を重ねる日々でした。

　そんなある日、私を実家まで送ってくれた春山は、近くに車を止め、思い詰めたように黙り込んだのです。そして、いつになく真剣な声でこう告げました。

「本当にオレでいいんか？　同情やったらやめよう」

　その瞬間、私は「この人は、勇気があるなあ」と思いました。まさかそんな話が出るなんて思ってもいなかったけれど、このときは驚くより、むしろ感動しました。

　もしも私が彼の立場だったなら、こんなに堂々と別れを切り出す勇気があっただろうか。もちろん、同情なんて、私はさらさら感じていなかったし、男気ある彼の振る舞いに二度惚れしてしまいました。だから、私はその場できっぱりと伝えたんです。

「一緒に生きていきたい」

　正面を向いたまま、「わかった」と小さく呟いた彼の、その表情はよく見えなかったけれど、きっと私の気持ちは伝わっていたと思います。

　あらためて百パーセント同情の気持ちがなかったのかと聞かれたら、本当のところは自分でもよくわかりません。人間ですからいろいろな感情はあるもの。けれど私の中では、「二人なら何とかやっていける。絶対に何とかなる」という気持ちのほうがはるかに大きかった。それだけは、はっきりと言えます。

難病は〝おまけ〟でしかない

じつはこの少し前、進行性筋ジストロフィーという病気をちゃんと理解しようと考えたことがありました。書店で一度だけ、そうした本を手に取ってみたけれど、「やっぱりやめよう」とすぐに棚に戻したのです。

読めば、いたずらに不安な気持ちになるかもしれない。それで結婚をやめるようなことになるのは、絶対に嫌だと思いました。私はあの人を男として見込んだ。惚れた男と一生を共にしようと自分が決めたのですから。そこに心配があるとすれば、子どもに遺伝するかどうかだけ。でも、万が一彼との子どもをあきらめることになったとしても、子どもがいない夫婦は世間にはたくさんいますし、ご縁があれば養子縁組だってできるんだからと思いました。

私がそんなことを考えていたまさにその頃、春山は春山で取引先の相手から理由もなく体のことを罵られ、嘲笑され、つらい目に遭っていたようでした。そんなことなどつゆとも知らなかった私ですが、だいぶ後になって彼の著書を読んでみたら、「当時は、自殺まで考えていた」と書かれていたのです。

思い返せば、一度だけ、ひどく様子がおかしかったことがありました。バイタリティに溢れているはずの春山の目から光が消え、まったく覇気がなかったのです。「あれ？　この人、こんなんやったっけ？」と思ったことを覚えています。「自分の見る目、間違ったかな。たくさんお金貸してるのに失敗したかな」と(笑)。でも、それは本当にそのときだけのことで、次に会ったときにはいつもの春山に戻っていました。

結局のところ、私にとって、彼が難病であろうとなかろうと一切関係なかったんです。春山らしくあってくれさえすれば、それでいい。私は春山 満という人の中身が好きだったわけで、病気は〝おまけ〟でしかありません。だから不安より、そこには楽しみと希望、そして、何とかなるという気持ちしかありませんでした。

「二人とも三〇歳のうちに結婚しよう」

お互いの気持ちを確認し合い、私たちは「二人とも三〇歳のうちに結婚しよう」と決めました。私の誕生日は六月、早生まれの春山は二月。春山が三〇歳を迎えた後の三月、私が彼より年上になる前の、同い年の間に結婚することにしたのです。

私の親きょうだいには、やはり難病のことは告げないまま、結婚するという報告だけしました。けれど、最初は「二七歳で結婚する」と言い、二七歳になっても二八歳になっても「事業が軌道に乗る来年に結婚する」と毎年言い続けてきたので、家族に報告しても「またか」という顔をされ、誰もなかなか信じてくれませんでした（笑）。春山の実家にも、この年の正月にご挨拶に行きましたが、「よう来た」と歓迎してくれました。誰も病気のことには触れず、楽しいひとときを過ごしました。

結婚式は、二人きりでひっそりと挙げることにしました。親戚を呼べばいろいろと聞かれそうで気まずいですし、私は四人姉弟の三女で、すでに姉二人も弟も結婚していたこともあり、両親も「いいよ、二人でやりなさい」と快くＯＫしてくれました。

この頃には、春山はすっかりうちの実家の「家族」のようになっていたので、結婚そのものに反対されることもありませんでした。病状が進んでいても、変わらずしょっちゅう実家に遊びに来ていましたし、父も彼もお酒が大好きだったから、酔っぱらい同士で言い合いすることもしょっちゅう。戦争で出征した経験のある父が、「ビンタいくぞ！」と叫べば、春山も「ビンタ、いってくれ！」と受けて立ち、二人でじゃれ合っていました。彼の人柄を理解してもらえていたし、何しろ私は、「言い出したら聞かない。反対したら何をしでかすかわからない末娘」でしたから、みんなもう「しゃあないやろ」という感じだったんでしょう。

香港で二人だけの結婚式

二人だけの結婚式を挙げる。「それなら海外がいい」と春山が言い出しました。当時、いろんな芸能人がハワイで挙式をしていましたが、私たちの行き先はアメリカの名画『慕情』の舞台となった香港。かつて一緒に観て感動し、二人とも大好きになった映画です。そこで、ラストシーンに出てきた見晴らしのいいあの丘の上で式を挙げたいと思ったのです。すぐに旅行会社の知人に頼んでチケットを手配、一ヵ月もしないうちに香港へ旅立つことになりました。

香港では香港人のガイドを一人雇い、丘の上の教会で式を挙げる手配をしてもらいました。カメラマンも現地で雇い、式の当日は、中国風のお化粧を施してもらうことに。そして、私は現地で一万円で借りたウェディングドレスを、春山は日本から持ってきた黒いスーツを着て、二人だけの思い出に残る挙式に臨んだのです。

このとき、彼に貸していた結婚資金はすべて返してもらっていたし、彼にもそこそこのお金があったようでした。後々になってから「あんな淋しい挙式になってしまってすまない」と言われましたが、私にとっては、これでもう十分。「やっとここまでたどり着いたなあ」としみじみ幸せを嚙みしめました。

春山は包帯で杖を右手に縛り付け、左手で私の手を握り、ヴァージンロードはなかったけれど、二人で一歩一歩、歩いていきました。そのとき、「ここから二人で生きていくんだ」という実感が強く湧きました。二人きりだったから良かった。お金なんかかけなくてもいい。「支え合ってこれから生きていく」という想いを、二人で分かち合うことができたと思います。

ふだんは甘ったるいことなんて言わない春山ですが、このときばかりは「由子がキラキラして見える」と言ってくれました。これが私たちの結婚式であり、新婚旅行。そして、春山が自分の足で歩いた最後の旅行でした。

冗談からダイヤを購入

この新婚旅行の直前、春山は私に「ロレックスの時計を買ってあげたい」と言い出しました。私は、「そんな高いものなんていらない。それならセイコーのペアの時計にしよう」。それでも彼は、いままで苦労させた分、形に残るものを贈りたいと思っていたようで、今度は「ダイヤの婚約指輪を買おう」と言い出しました。そんなものはいらないと、やっぱり思いました。でも、「どうせもらうなら一カラットくらいのもんがほしいわ。いざというときに質屋にも入れられるし」とふざけて答えたら、本当に一カラットのダイヤの指輪をプレゼントされ、驚きましたね。後で聞いたのですが、結局そのダイヤは親が用意してくれたそうです。

でも、じつは、これが後々役立つことになるのです。しばらくの間はタンスの肥やしになっていましたが、春山の事業で湯水のようにお金が出ていくようになったとき、本当にこのダイヤを持って質屋に行くことになりました（笑）。そのおかげで何とか資金繰りができ、「言ってみるもんやな」と。まあ、言うほうも言うほう、買うほうも買うほうです。

香港で式を挙げて一泊した後、すぐ近くのマカオにも行き、はじめてのカジノも経験しました。春山は学生時代からお金を賭けたゲームにはめっぽう強く、麻雀でも何でもいつも勝つタイプで、賭け事が大好き。じつは、香港で挙式をしようというのは、春山の作戦だったのかもしれません。

軍資金として、負けてもいいお金を三〇万円用意していた春山は、夜の八時にルーレットの席に着くと、そこから何も食べないまま、同じ席でルーレットをやり続けました。私もそんな彼をずっと隣で見守っていましたが、一度は倍以上になった持ち金も、最後にはゼロ。そこですっきりやめようと席を立つあたりはさすがですが、そのとき、ちょうど一二時間が経っていました。朝の八時までひたすら続けたけれど、ここでやめると決めたところですっぱりやめる。とても春山らしいエピソードかもしれません。

いまが大事！

ときどき、「いくら好きな相手とはいえ、よく結婚に踏み切ることができたねぇ」と言われることがありますが、私は子どもの頃からものごとを悪い風に考えないタイプでした。高校時代に友人の恋愛相談に乗っていたときも、前向きな解釈ばかりしていたら「どうしてそんなにいい風にばっかり考えるの！」と怒られたくらいです。

春山にも「おまえの茫洋としているところに救われる」と言われていました。何が起きても、「何とかなるやろ」と思ってしまう。彼が突然、突拍子もないことを始めても、振り回されていると思ったことは一度もなかった。いつも「今度は何をするのかな？」と舞台裏で面白がって見ていたような気がします。「こうなったらどうしよう」とか、「一体この先どうなってしまうんだろう」とか、不安なことを考えだしたら、きりがありません。

「先のことは考えない」というのは無責任なイメージもありますけれど、起きてもいない出来事をあれやこれやと考え過ぎて滅入《めい》ってしまうのも良くありません。あまりにも考え過ぎてしまえば、悪いほうに悪いほうに想像が働いてしまうものです。

先のことを考えたところで、現実というものは何かの形でちゃんと進んでいくもの。起きる前に想像したって仕方ない。何か起きたときは、そのときのこと。それに対してどう対応していくかということが大事だと思うのです。

私の場合がそうでした。春山と結婚の約束をした当初は、先のことも考えて、それなりに夢も見ていました。当時は彼も「ゆくゆくは不動産で成功して、三〇歳でビルでも建てたる」と言っていましたから。

けれど、現実は突然難病になってしまったわけで、ビルを建てるどころか結婚だってどうなるのかもわからない状態になった。だから、あんまり先のことを考えてもしようがないと、そのとき思った。以来、「先のこと」より「足元のこと」をしっかりとやろうと切り替えました。もちろん、先のことを考えてやっておくべきことはあります。将来のためにお金を残すとか、そういうことは大切ですから。

私が伝えたいのは、精神的な部分のことなんです。いまをどう乗り越えるか、今日という日をどう生きるかということ。私と春山の場合は、毎日が戦争のようだったから、先のことを考えている余裕もなかったというのが本当のところかもしれません。いま目の前にある難題をどう乗り越えるか、悪くなってしまった現実を、まずは受け止め、そこからどう乗り越えていこうかということを考えるだけで精一杯だったのかもしれませんが、いまとなってはそれが「正解」だったと思います。

突然の災難に見舞われたとしても、人から見てどんなに大変な状況だったとしても、結局のところは、現実を受け止め、そこから自分はどうしたいのか、どう生きたいのかが大切なのだと思います。先のことを考えるより、いま、この、目の前の状況を理解し、自分自身でしっかり受け止めること。自分で選んだことなら、たとえ失敗しても、自分を納得させて前に進めるはず。

春山によく言っていたのが、「もし病気になっていなくて、そのまま不動産業をやっていたら、たぶん離婚してるかな」ということ。彼の性格だったら、飲み歩いて、外に女をつくって、私は愛想を尽かしてとっくに離婚していたかもしれません。

彼が難病になっていなかったら？　あるいは、私が難病の彼との結婚を選ばなかったら？　「この人と一緒に生きてきて良かった」と思えるこのいまは、恐らくなかったはず。だから、目の前に起きた出来事にはきっと何らかの意味があり、そこに向き合って納得のいく道を選ぶことに意味があるんだと、私は心底思います。

一週間前にできていたことが翌週にはできない

春山の病気は、結婚直後から加速度的に進行していきました。一週間前にできていたことが、次の週にはできなくなっていくんです。最初はできていた歯磨きも、自分で腕を持ち上げることが難しくなって。腕を高い位置に固定できるよう、洗面所の壁に手すりを備え付けたり、いろいろ工夫していきました。病気が進んでいく中、使うのにちょうどいい手すりの位置も微妙に変わるので、しょっちゅう付け替え、賃貸なのに、うちの壁は穴だらけになっていました。

進行性筋ジストロフィーという病気では、筋力を使わなくなると、そのぶん進行は早くなります。医師からは「今日できたことを、できるだけ明日も続けてください」と言われていました。つまり、「一度やらなくなると、もう二度とそれができなくなる」ということ。それこそ、風邪でも引いて一週間も寝込んだら、あっという間に体の機能が落ちてしまう。彼にとっては、まさに毎日がそのせめぎあいの連続だったのです。

けれど、一緒に生活し始めると、彼が歯を磨けば「ちゃんと磨けていないみたい」、湯船に入れば「足が上がりづらくて、浴槽につまずきそう」等々、こちらも気にかかってしようがない。大変そうな様子を目の前にしてしまうと、もう見ていられない。だから「私がやる」とつい言いたくなってしまう。でも、私が一度それをやってしまえば、次からはもうできなくなります。

春山本人から「手伝ってくれ」と言われたことはほとんどありません。どんなにしんどくても、できる限り自分でやり続けたい。それはそうでしょう。だって、一度手放したらもうその行為は二度と自分ではできなくなってしまうんですから。

だから、私自身もなるべく本人の「自分でやりたい」という想いと、もうどうにもできないという時期とのギリギリを見極め続けていました。もしも「私がやったほうが早い」なんて言ったら、本人の自尊心を傷つけることにもなりますから、タイミングを計り、かける言葉にもかなり気を遣いました。

そして、私が手を貸すときは、「これは一生、私がやることなんだ」と、一回一回覚悟を決めてやるようにしていきました。そういうことが結婚直後からずっと続いていきました。だから、春山だけでなく、私にとっても毎日が時間との戦い。そういう日々が私たちにとっての日常生活でした。

「介護をするために結婚したんじゃない！」

前にも書きましたが、春山との結婚で私が唯一心配していたのは「子どもに病気が遺伝するかどうか」ということでした。結婚するまでは余計な不安を抱えたくなくて、病院にも行かず、医学書も読まず、子どもも無理なら無理であきらめようと思っていましたが、やっぱり、できることなら産みたいという気持ちが強くあったのです。

子どもを産んでも大丈夫なのかどうか。それを確認するためには、やはり専門医の先生に診てもらい、きちんと話を聞かなくてはと思いました。

しかし、春山は大の病院嫌い。その理由はといえば、彼の病気が判明したときにありました。春山は進行性筋ジストロフィーの中でも「遠位型」という症例だったので、担当の医師は「これはめずらしい！」とぎらぎらとした目つきで検査を続けようとしたそうです。その様子に「モルモットにされるのはごめんだ！」と、彼は啖呵《たんか》を切って病院を後にし、以来、二度と近寄らなくなっていたのです。

頑《かたく》なな春山を一体どうしたら病院に連れて行くことができるのか、どう伝えれば傷つけることなく、自ら行こうと思ってもらえるのかと考えをめぐらせた後、私はこう言うことにしました。

「私はあなたの介護をするために結婚したわけじゃない」

それは、実際に常々思っていたこと。「私は春山の介護をするために結婚したのではなく、春山と楽しく人生を生きていきたいと思ったから結婚したのだ」という想いでした。病気が進行して体が動かなくなっても、これまでのように一緒に旅行もしたいし、レストランで食事も楽しみたい。そんな気持ちを素直に伝え、「そのためにも、まずは病院に相談に行ってほしい。今後、車椅子生活になったときに役立つ情報もきっとあるはずだから」と説得したら、さすがの春山も頷《うなず》いてくれました。

二人で病院に出かけたその日、私はさりげなく「子どもを産んでも大丈夫ですか?」と専門医の先生に尋ねました。すると、「ご主人の病気の場合、奥さんにこの病気の遺伝子がなければ遺伝はまずない」。

私は心から安堵しました。春山はただ黙って話を聞いていましたが、確認が取れたことに安心したのではないかと思います。このとき、彼は車椅子生活に役立つような情報が何も得られなかったことに対し、「病院なんて何の役にも立たん」と腹を立てていました。けれど、私の本来の目的は達成できたので、それだけでもう良かったのです。

骨折したって、病院は「ノー！」

春山の体の機能が低下していく中、ヒヤヒヤするようなことは山ほどありました。これは結婚前の出来事ですが、酔っぱらってタクシーに乗り、自宅前で降りる際、足を踏ん張ることができずに顔面からそのまま倒れてしまったことがありました。あわてて抱き起こすと、たまたまそこにあった石に額をぶつけたようで顔中血だらけ。もうビックリして救急車を呼びました。

ところが彼ときたら、なぜか当時から社会問題となっていた救急車の「たらい回し」の話を持ち出したんです。そこから救急隊員の人と言い合いになり、結局、その救急車を帰らせてしまいました。

とにかく止血と手当てをしなくちゃとあわてていたら、彼、呑気に「聞いた話では、タバコの葉っぱを傷口にくっつけたらええらしい」と言い出して、私に「つけとけばええんや。つけろ」と言うんです。いくらなんでもそんな馬鹿な話があるかと思いましたが、こうと言い出したらもうテコでも動かない。こちらも仕方なく、言われるがままにタバコの葉っぱを傷口につけました。そうしたら、本当に血が止まったんです。本来なら恐らく何針か縫うような傷だったでしょうに、それで治してしまうところが無茶苦茶です。

結婚後、大阪府箕面《みのお》市の新居に引っ越してからも似たようなことはありました。春山にとって車は必需品でしたから、目の前に駐車場がある賃貸マンションの一階を探しましたが、玄関口から五段ほどの階段があり、それが大きな関門でした。

結婚したばかりの頃にはまだ自分で上り下りすることができましたが、次第に筋力が低下し、翌年の正月早々転げ落ちて鼻を骨折してしまったんです。鼻がゆがみ、腫(は)れ上がった彼の顔は、まるでムンクの名画「叫び」のよう。その瞬間、「私、この人のこの顔で、一生付き合っていけるのかしら」と(笑)。

いえいえ、笑いごとではありませんよね。その日はまさに元日でしたから、夜間・

休日診療所に駆け込んだら、当然、医師に「手術したほうがいい」と言われました。それなのに、やっぱり本人は嫌だと言う。仕方なく、冷やすだけで帰ってきたら、もうそれっきり。くっつきはしたようですが、真っ直ぐ通っていたはずの鼻筋がゆがんでしまいました。まったく、丈夫なんだか丈夫じゃないんだか、わからない人です。

動かぬ体に夫のイライラが募る日々

病院で説明を受けた直後、第一子を妊娠していることがわかりました。一度はあきらめかけた子どもを宿し、私も春山も喜びに包まれる日々。

しかし、その一方で、春山の病状はどんどん進み、何もないところでもガクッと転んでしまうようになりました。その回数が増えていくにつれ、春山の表情はどんどん険しくなっていきました。

何しろ、家の中ですら集中して歩かなくては転んでしまうほどの状況です。一歩一歩、必死に踏みしめてバランスを取っているわけですから、うっかり声をかければ、当然「うるさい」という顔になる。それに、妊娠中の私を巻き込んで転ぶことへの怖さも感じていたようで、近づいて支えようとすると「どけ！」と言われることもよくありました。滝のような汗を流しながら必死の形相で歩く彼の姿はとても冷静には見ていられず、ハラハラするばかりでした。

思い通りに動かない自分の体に対するイライラが、私に向かってくることもありました。そんなときは、右の耳で聞いて、左の耳から流すように知らんふりすることにしていました。

こういうとき、「こうしたらええんちゃうの」などと余計なひと言を言えば、火に油を注いでしまいます。私が黙っていれば、本人も「言い過ぎたな」と後からわかるでしょう。

相手がイライラしていても、あまり気にしないこと。火に油を注ぐような反応はしないこと。放っておくのがいちばんなんです。そうすると、彼も自分の中で自然に解決できるようでした。これは春山と付き合っていく中で覚えたことです。

あわや流産でついに観念し、車椅子生活へ

日々、進んでいく病状に、春山本人は必死に抵抗し続けていました。

一度車椅子に乗ったら、それは一生歩けなくなるということ。だからこそ、少しでも長く自分の足で歩きたいという気持ちは理解できます。

けれど、いつ転ぶかもわからない状況だから、危なくて、危なくて。そんな中、前に書いたように正月に転んで鼻の骨を折る事故が起き、「心配だからもう車椅子を使ってほしい」とようやく切り出しました。

仕事でもどれだけ緊張感ある時間を過ごしているかわからないのに、家の中を歩くときまで緊張し続けているわけですから、そのストレスは想像もつかないものでしょう。ましてや、鼻の骨を折るような大けがまでしてしまった。本人の意思は尊重したいけれど、言うべきときには言わなくてはならない。「この状態を続けるより車椅子にするほうが、彼自身にとって精神的にもラクになるはず」と思い、いまこそ言うべ

きときだと決心したのです。

ところが、何度言っても本人はなかなか聞き入れてくれず、「もうちょっとだけ、頑張りたい」を繰り返すばかり。そんな中で、ついに私が流産しかけるという事件が起きました。

妊娠五ヵ月目くらいの頃、二人で外出したときに春山がガクッと転び、私が抱え起こしたことで出血してしまったのです。出血した当日は、病院からは「入院したほうがいい」と勧められましたが、とてもそんな状況ではない。「それなら家で安静にしてください」と言われましたが、春山の世話で、実際にはそうもしていられません。

一歩間違っていれば流産していたかもしれないという事態に、あれだけ抵抗していた彼も観念し、車椅子に乗ることを決意してくれました。ちょうど結婚一周年を迎える春のことでした。

結婚生活がスタートしてからも丸一年間は自分の足で何とか歩いていた彼ですが、とりあえず外出のときに車椅子に乗り始めてからは、イライラした表情もずいぶんと減り、二人で穏やかに過ごせるようになりました。本人もホッとしたのかもしれません。

乗り始めた最初のうちは何とか自力で漕いでいましたが、握力がなくなるにつれ漕げなくなり、やがて私が後ろから押すようになりました。漕げなくなるまではとても早かったけれど、それでも表情はがらっと穏やかに変わったので、これで良かったんだと思いました。長男が一歳になる頃、家の中でも車椅子に乗るようになりました。

撤退するのも勇気。自分の足で歩くことができなくなったとしても、それで幸せな時間を過ごせるのならひとつの選択だと思います。仕事だけじゃなく、家に帰って歩くことひとつにまで緊張していたら、それこそ心も休まるヒマがないでしょう。そんなことにこだわるより、楽しく過ごせることのほうが大事です。

お互いにできないことは補い合っていけばいい

私は、春山から難病だということを知らされたときから、「お互いにできないことは補い合っていけばいい」と思っていましたし、実際に病状が進んでいく様子を見ながらもそう思っていました。

何も知らない人からすれば、私ばかりが介護でたいへんなのでは、と思われていることもあったようですが、春山には春山の役割があり、大黒柱としてしっかり稼いでもくれました。そんな彼が機嫌良く仕事ができるように、朝の支度を手伝って会社に送り出すことが私の役割のひとつであり、すごく大事なことだと思っていました。

男の人って、機嫌良くなるように持ち上げてあげたら、どんどん働いてくれるじゃないですか。「そんなことまでやっているの。すごいねえ。よう頑張ったねえ」と褒めてあげて、一緒に喜んであげたら、それだけでどんどん頑張ってくれる。単純なんです。だから、手のひらの上で自由に泳がせておいて、機嫌良く仕事してもらうこと。ときどき、どこかに飛んで行ってしまいそうなら、くくりつけておいたヒモを引っ張って、「あなた、行き過ぎよ。飛び過ぎよ」とうまく操縦してあげる。病気であろうとなかろうと、夫婦円満の鉄則はそれほど変わりないんです。

それに、春山はいつも、私には想像もつかないようなことを始めてワクワクさせてくれました。病気になってもそれは同じ。

二人で病院に行った後、春山はボランティアで「障栄福祉情報センター」を起ち上げました。障がい者に役立つ情報は病院ですら得られない。そんな状況に直面したことがきっかけで、障がい者に向けた情報冊子をつくり、希望者に無料で送付する活動をスタートしたのです。

これが非常に評判が良く、いろんな福祉施設からも「うちにもほしい」という反響をいただきました。そうした活動の認知度が上がっていくうちに、変わった車椅子を集めて展示する「おもしろ車椅子大集合」というイベントを開催したり、町の銭湯に交渉して障がい者のみなさんにお風呂に入ってもらう企画を実現したり、いろいろなことに挑戦していきました。特に、銭湯のイベントではテレビ局も取材にやってきて、みんなワーッと楽しそうに華やいでいて、私も見ていてすごく楽しかったことを覚えています。派手にお祭り花火を打ち上げて見せてくれるような、そんな喜びをもたらしてくれる人。一緒にいるだけで人生が面白くなる人でした。

とはいえ、これらの活動はすべてボランティアですから、冊子の印刷代やら発送費やらで家計はいつも火の車。やりくりするこちらはたいへんでしたが、それもそれでまた補い合いです。一人ではできないことも二人ならできると思えたし、このボランティア活動が、後に福祉のデパートとして知られるようになった「ハンディ・コープ」設立の種まきになったと思います。

第四章　育児と介護、そして金策

長男出産

一九八五年七月、長男を無事に出産することができました。すでに予定日を一週間過ぎていたこの日、春山は仕事に出かけていたため、私は入院に必要な荷物を持って、一人で病院へ向かいました。陣痛が弱かったので、先生からは「これは帝王切開をしないと母子ともに危ない」と言われたのです。春山も何とか仕事の算段をつけて病院に駆けつけてくれました。

長男の出産のとき、全身麻酔ではなく、部分麻酔だったので産声を聞くことはできましたが、痛さのあまり感動するどころではありませんでした。部分麻酔で帝王切開する場合、お腹を開く瞬間が自分でもわかるんです。なんて言うんでしょう。ギリギリとコンビーフの缶を開けていくような、そんなイメージでもう痛くて痛くて。出産後も高熱が出てしまい、肉体的にはかなりきつい状態でした。

それでも、生まれたばかりの我が子がはじめて母乳を吸った瞬間には、何とも言えない感動がありました。誰も何も教えていないのに、唇と舌を使って上手に吸うんです。生まれて間もない赤ちゃんなのに、力強く生きようとする本能的なその生命力を目の当たりにし、感動と幸せでいっぱいでした。

春山もまだ人に支えてもらえれば立てるくらいの状態でしたから、息子を抱っこして大喜び。「産声《うぶごえ》がすごかったわ！　先生からすごい元気な男の子やと言われたで!!」と誇らしげに言っていました。

長男の名は「哲朗」。名付けたのは春山で、大好きな作詞家・星野哲郎さんにあやかったのだそうです。春山が哲学好きだったことも関係しているかもしれません。

ところが、幸せの時間もつかの間。帝王切開後、二週間の入院生活を過ごしましたが、その間にノドに腫瘍が見つかり、悪性か良性かわからないから検査が必要だと言われてしまいました。一難去ってまた一難です。

専門医のいる大阪大学医学部附属病院で半日かけて検査をすることになり、結果を待つ間中、「もしも私が悪性の病気だったら、春山とこの子はどうなってしまうんだろう」と、いろいろな心配ごとが脳裏をよぎり、不安は募るばかり。

そんな中、遠くから赤ちゃんの泣き声が聞こえてきたら乳房から母乳が溢れ出して止まらなくなったのです。哲朗は実家に預けてきていたのに、胸元に巻いたタオルの色が変わってしまうくらい母乳は勢いよく出続けて。「これが動物としての、母親としての本能なのか」と驚きました。結局、検査の結果は良性で大事に至らずひと安心。母と子の本能的なつながりを自ら実感した出来事でした。

実家に病気を告白

私の実家に春山の病気のことを伝えたのは、哲朗が一歳になるかならないかくらいのとき。哲朗を一人で連れて帰り、母と二人きりになったときのことです。進行性筋ジストロフィーという病名を母もはじめて聞いたようで、こんな難病で、こう症状が進んでいくという説明をしました。

どんな反応が返ってくるかと思っていたら「へえ、そう」とだけ。いままで黙っていたことを責めるような言葉も一切ありませんでした。姉にも機会を見て、やはりちゃんと話をしました。すると、「ああ、やっぱりね」と納得した様子で、すんなりと受け入れてくれました。

その後、出張のときに子どもを預かってもらったり、保育所のお迎えも頼んだり。私の家族はみんなとても穏やかで、ごく自然に困ったときにはちゃんと手を差し伸べてくれる。見守ってくれる家族がいることは、本当にありがたいものだと思いました。

私たちには悲壮感はまったくなかったし、周囲もみんな自然に受け入れてくれたので、そのおかげでここまでやってこれた。もしも両親が何か責めるようなことを言っていたら、私たち夫婦の関係も気まずくなっていたかもしれない。

いまがあるのは、私のことを信じてくれた家族のおかげもあったからだと思います。本当に、感謝の想いでいっぱいです。

想像妊娠

長男が寝返りできるようになった半年後、私たちは久々の旅行に出かけました。行き先は和歌山の白浜。私が運転し、助手席の春山は哲朗をひざの上にちょこんと乗せていました。シートベルトで締め付けないように手で守り、宝物のように抱いたまま三時間の道中。春山はきっと嬉しくて仕方なかったでしょうし、哲朗も哲朗で、泣きもせずに大人しく座り続けていました。

この時期は、まだ春山も不動産業とボランティアでの活動のみでしたし、私もまた、長男の世話をしながら福祉の情報冊子の送付依頼を電話で受け付けたり、発送の手配をする程度。その後にやってくる殺人的な忙しさと比べたら、まだまだのんびりした時代でした。

長男が生まれた後、私が思っていたのは「二年後にもう一人産みたい」ということ。春山は、自分の体のこともあるため、私にこれ以上の負担をかけたくなかったようで「一人でいいんじゃないか」と言いました。けれど、四人姉弟に生まれた私は、やっぱり兄弟と一緒に育つ環境をあげたかった。

そんな想いが募るあまりなのか、なんと私は長男出産から一年半後に想像妊娠をしてしまったのです。生理が止まり、つわりがあって、お腹まで膨んだので、私は当然産むつもりで。春山も、驚きながらも「でかした！」と。二人で大喜びし、体を労《いたわ》りながら過ごした四ヵ月後、出血したため病院を訪ねることに。そこで、お医者さんから「妊娠と違います」と言われてビックリ。想像妊娠というものがあり、それ以外考えられないと言うんです。

自宅に戻って春山に報告したら、「そうなんか……」と、少なからずショックを受けていたみたいです。二人でワクワクしながら、「順調に二年空けて、次の子ができるね」と、その先の計画をしていましたが、やっぱり現実は思い通りにはいかないものです。

次男妊娠とハンディ・コープ開業

次男を妊娠したのは、その翌年のことでした。そして春山は、私が妊娠六ヵ月であった一九八八年の夏、いよいよ福祉のデパート「ハンディ・コープ」を起ち上げることとなったのです。それは、「スプーン一本からエレベーターまで、あなたのほしいもの何でもそろいます」をコンセプトに掲げた店舗をつくり、これまで福祉の世界になかった観点で新たなビジネスを起ち上げたのでした。

長男を妊娠したとき、車椅子をつくろうと病院に行った春山は、病院と提携しているメーカーの態度に怒り心頭でした。決まった型の車椅子に乗せられ、「どうですか?」と聞かれましたが、はじめて乗る車椅子に感想なんて言いようがありません。すると、「はい。オッケーです」と言い、何の相談にも乗らず、何のカスタマイズもせず、そのまま売りつけようとしてきたのです。

「もうええ! おまえのとこではつくらん」と主人は啖呵を切り、病院を後にしました。しかし、そこは転んでもタダでは起きない春山のこと、それを自分のビジネスの発想につなげたのです。

私も妊娠六ヵ月のお腹を抱えたまま準備を手伝っていましたが、オープン前日、最後の最後に植木に水をあげようと二階に上がったら出血してしまったんです。バタバタと動き回り、最後に重たいバケツを持ったことがいけなかった。すぐ病院に行き、長男出産前と同様に事無きを得ました。

この頃、すでに春山は立ち上がったり座ったりすることも難しくなっていたので、いつも私が担いで車椅子に乗せたり、お風呂に入れたりしていました。次男を妊娠してからも、そうした日常のことはすべて私がやっていたのです。おまけに、長男の哲朗は三歳になったばかりで、まだまだ目が離せない時期。夫と息子、二人の世話に慌ただしく動き回りながら、気合で乗り切る毎日でした。

出産後、私が二週間入院している間は、哲朗を春山の実家に預け、春山の世話は会社の男性社員が交代で、食事は彼の妹や私の姉が手伝いに来てくれました。また、私は帝王切開でしたから、退院後抜糸するまでの間も社員が手伝ってくれたことで乗り切れました。

糸を抜いた後、はじめて春山を担いだときには「これ、裂けるんじゃないの⁉」と一瞬不安になりましたが（笑）。そこはただただ気合です。精神力で目の前のことをひとつひとつこなしていく日々でした。もしあそこで、「あかんわ」と弱気になってしまっていたら、きっと無理だったと思います。

眠れぬ日々

私の記憶の中では、次男の龍二が生まれて間もない頃がいちばんハードでした。哲朗が三歳、龍二がゼロ歳、そして春山。この三人をお風呂に入れないといけません。まず、赤ちゃんの龍二を入れて、おっぱいを飲ませたらとにかく寝かせる。時間がないから、私はずっと裸のままです。龍二が寝たと思ったら、今度は春山の服を脱がせ、哲朗と一緒にお風呂に入れます。二人を洗って、その合間に自分の体も洗う。お風呂から上がれば、哲朗に「これを着なさい」とパジャマを渡し、春山の体を拭いて服を着せて、すべてが終わるまで二時間くらい。長男、次男、三男がいるようなもので、毎日へとへとでした。

その後、春山が開発したスライドイン・バスという、湯船の上まで椅子をスライドできる入浴装置のおかげでラクになりましたが、それまでは車椅子で手前まで連れてきて、担いでお風呂の角に座らせ、私がお風呂に入ってから両脇を持ち上げて湯船に下ろすということを繰り返していました。私の体重は四二キロ。五〇キロある春山を担ぎ上げるこの作業がいちばん大変でした。

風呂に入れる作業も含め、春山を担ぐ回数は一日に一〇回以上。ベッドから車椅子へ、車椅子から便座へと移動させてきたおかげで、ずいぶん筋肉もつきました。ぎっくり腰の経験はありませんが、腰を痛めたことは何度かあります。自分がベッドから起き上がるのも大変だったけれど、それでも担がないといけない。すると、不思議とできるんですよ。

春山からは、ベビーシッターや家政婦を雇ってもいいと言われていましたが、やっぱり、できる限り自分でやりたいと思っていました。彼も見知らぬ他人のお世話になるのはきっと嫌でしょうし、私自身も抵抗がありましたから、自分ができる範囲はできるだけ自分でやりたかった。でもいま、当時の生活をもう一度やれと言われたらとてもできません（笑）。

ハンディ・コープの経理も担当

私の生活がさらに変化したのは、龍二が生後一〇ヵ月目を迎えた頃。ハンディ・コープの経理で使途不明金が見つかり、私が経理を担当することになったのです。経理なんてまったくやったこともなかったけれど、春山が「絶対におまえにやってほしいんや」と言うので、一から勉強することになりました。主人は当然自分で通帳をめくることもできない。「じゃあ、私がやるわ」と答えている自分がいました。

そして、哲朗と龍二を保育所に預け、毎日一〇時から一七時まで働く日々が始まりました。仕事が終わると保育所に二人を迎えに行き、家に戻れば、ともかくお腹を空かせた子どもたちに食事を与える。その後、帰宅した春山を迎え、子どもたちと合わせて三人をお風呂に入れた後、まずはビールで「お疲れさん」とカンパイしてから春山の食事を手伝います。そして、みんなを寝かしつけた後は、洗い物や片付け、洗濯といった家事をこなすというわけです。

そのうえ、その頃には春山は、自分の力で寝返りを打つことはできない状態になっていました。三時間おきに「由子！」と呼ばれ、そのたびに寝返りさせ、さらに赤ちゃんだった龍二にも起こされ、まともに眠ることもできない状況です。疲労困憊《こんぱい》し、ハンディ・コープの店頭に立って接客しながら眠りそうになったこともありましたし、車で一時間半かけて通勤する最中には、渋滞の中、居眠り運転をしないように必死でした。

それが半年くらい続き、やっと慣れてきた頃には病状はさらに進み、寝返りを打たせるタイミングが一時間半に一度になり、睡眠不足はさらに加速していきました。気がつけば、頭の中はいつも「ああ、ゆっくり眠りたい」という思いでいっぱい。こんな状態が長く続けばノイローゼになってしまうのではないかと心配になったこともありました。

けれど、不思議なことに人間の体って、そのような状況にも次第に慣れてくるものです。そんな生活を毎日続けるうちにだんだん慣れてきて、短い時間に夢も見ないほど深く眠れるようになりました。

決して手を抜かない仕事ぶり

春山の仕事を手伝ってみて、すごく良かったと思うのは、一緒に現場で働けたことです。当時、ハンディ・コープはマスコミに取り上げられたため世間からも注目を浴びるようになり、北海道から沖縄まで、全国各地からお客さまがやってきました。その中には「社長に会いたい」という人も多く、春山と話をするために行列して待っているんです。障がいを抱えている人、福祉施設で働いている人、介護・福祉ビジネスに関心がある企業の人々まで、様々な人が興味を持って訪れ、二時間待ち続けていたこともありました。

どんなにたくさんの人が待っていても、春山は一人ひとりに丁寧に応対し、毎日、何度も何度も頭を下げては「ありがとうございます」と言っていました。私は冗談で

〝米つきバッタ〟というあだ名をつけましたが、本当のところ、決して手を抜くことなく全員にしっかり応対するその姿勢には感嘆せずにはいられませんでした。座りっぱなしで体勢を保つだけでもしんどいはずなのに。

慣れてくると人間は手を抜きがちですが、この人は本当に手を抜かない。そして、来店したときには心配ごとを抱えていたみなさんが、春山と話をした後、「ありがとうございました」と言いながら爽やかな笑顔で元気になって帰っていく。誰をも元気にするパワーを持っているんだと思いました。

「思った通りのすごい人」。私はあらためて、共に生きようと思った自分の選択が間違っていなかったと実感しました。

長男の入院

仕事を手伝いだしてからの私は、春山の東京出張や海外視察にも必ず同行し、身の回りの世話をしていました。海外の場合、行き先はアメリカやヨーロッパですから、一週間は家を空けることになります。そのときは子どもたちは私や春山の実家に預けていたんです。

ところが、四歳になっていた長男の哲朗が、年末に突然「頭が痛い」と言い始めたのです。最初は体調を崩しただけだろうと思っていましたが、病院でもらった薬を飲ませても痛みは消えません。正月に実家を訪ねたら、母に「こんな小さい子がいつまでも頭が痛いというのはおかしい。きちんと診てもらいなさい」と叱られ、夜間・休日診療所に連れて行きました。すると、その場で「これは大変なことになる」と救急車を呼ばれ、近くの総合病院に入院することになったのです。

診断の結果、髄膜炎だとわかり、治療のために大きな注射器で注射されることになりました。後から車で追いかけてきた春山と二人、廊下で待っていると、「痛い、痛い！　嫌や、お家《ウチ》に帰る！」と泣き叫ぶ哲朗の声が聞こえてきます。幼い我が子の泣く声が不憫《ふびん》で、私たちは二人して泣きました。

完全看護の病院のため、哲朗を残して帰ることになり、そこでまた「一緒に帰りたい」と大泣き。翌日に病院を訪ねても、「帰りたい」と泣き続け。ところが三日目には病院内に友だちができたようで、「お母さん、もう帰っていいよ。バイバーイ！」。

哲朗は結局、二週間入院しましたが、幸い重症に至らず、後遺症は残りませんでした。しかし、私にとってはハッとする出来事でした。長男はあまり手がかからない子でしたが、これまでも、仕事から戻るなり足にまとわりつき、「お母さん、遊ぼう遊ぼう」と離れないこともあった。そんな我が子を見ては「子どもには悪いなあ」と思っていたんです。

「これは子どもからの〝もっと一緒にいてほしい〟というサインだ。いままで主人中心の生活でずっと来ていたけれど、子どもたちのことをちゃんと見ていかなくちゃ」と考えを改めました。

ハンディ・コープの仕事があるため、哲朗の入院にもずっと付き添うことはできず、まだ一歳だった下の龍二も私の実家に預けたまま。会社と病院と家を行ったり来たりする中、私は「特別なことはできないけど、主人でなく、子ども中心で生きていくように切り替えよう」と決めました。

それからは、出張の付き添いはやめて、会社の男性社員に入浴や着替えなどの手順を教えて引き継ぎました。そして、子どもの写真を自分の鏡台に置いて、このときに感じた気持ちをいつも忘れないようにしようと決めたのです。

夫はロマン、私はそろばん

結婚後、不動産業とボランティアの活動を並行させていた頃から、お金には苦労しました。経費は家計から全部出ていましたし、春山の仕事もまだ上向きとまでは言えず、余裕もなく、何とか生活ができているような状態でした。

毎月三〇万円ほどをキャッシュで持ってきてくれますが、その中から家賃だの光熱費だの国民健康保険だのを払って、そのうえで、ボランティアに必要な印刷代、郵便切手や封筒代、電話代などがどんどん出ていくわけです。当時は、冊子の送付申し込みや問い合わせの電話がひっきりなしにかかるくらい反響があったので、馬鹿にならない金額でした。

子どものために毎月五〇〇〇円ずつ貯めて、ようやく一〇万円貯まったと思っても、春山に仕事のためにお金がいると言われ、「ええよ、持っていき」と答えることもしばしばでした。

ハンディ・コープを始めたときには、はじめてのビジネスということもあり、銀行から借金ができませんでした。もっともビジネスの仕組み自体は、各メーカーが持ってきた商品を置き、こちらで接客販売をする前提で場所代を取るシステムだったので、初期費用はあまりかからず、意外に早く軌道に乗せることができたのです。

赤字が出ることはなかったけれど、入金のタイミングが合わず、支払いが間に合わなくなりそうなこともしばしば。そのたびに私が方々に電話をして「〇〇日までに必ずお支払いしますから、もう少し待ってください」と頭を下げていました。

そういうわけで、真剣にそろばんをはじき、金策に頭を悩ますようになったのはもうちょっと後のこと。春山はハンディ・コープを三年ですっぱりとやめて譲渡したんです。私は「え？　せっかく順調にいって、これからというのに？」と思いましたが、大手企業がこの分野に参入すると見た春山は、いずれ体力勝負で勝てなくなると判断し、早々にこのビジネスに見切りをつけ、それから半年もしないうちに譲渡先と契約を結んでしまいました。

彼は、譲渡金を元手に三七歳で介護・医療機器の開発とコンサルティングを行うハンディネットワーク インターナショナル（以下、ハンディネットワーク）を設立。そして、「ウィーラ・バス」という介護用入浴機器の開発に乗り出しましたが、これが本当に金食い虫。岐阜の町工場に開発協力を頼み、二年間くらいかけてようやく完成しましたが、開発費や展示会費でトータルで一億円近くかかっていると思います。

ハンディネットワークを起ち上げた当時、東京海上火災保険（当時）の保険代理店もやっていて、これがほぼ唯一の収入源。春山は東京海上と一緒に介護費用保険の商品を企画し、さらに、その販売で大きな業績を上げていました。このため、他の代理店に向けた販売ノウハウの講演を依頼されるようになり、そこで稼いだ講演料などで工場に支払う開発費と、正社員一人、パート二人の人件費をまかなっていました。

けれど、入金があってもすべて開発に流れていきましたから、給料を払うのすら大変で、婚約指輪に買ってもらったダイヤを質入れしたのもこの頃です。質入れにも慣れていた主人には、「六〇万円で買ってるから、二〇万は借りてこい」と言われましたが、私ははじめての経験で、質屋の門をくぐること自体が恥ずかしかった。二軒目に二〇万円貸してくれるところが見つかり、ホッとしました。

この時期、中小企業向けの公的融資で借金しようとしましたが、保証人のハンコが必要だということで、高校時代の同級生で会社を経営している友人がＯＫしてくれたから、ハンコを書類にもらってきてくれと言われました。ところが、このとき私は三八度五分の熱があったんです。意識が朦朧《もうろう》としながら車を運転し、その友人の会社の前まで行き、車の中でハンコを押してもらいましたが、高熱を出しながら保証人をお願いする自分が本当に情けなく思えてなりませんでした。しかしながらその友人も、よく保証人になってくれたと思います。その恩は一生忘れません。

開発のアイデアは春山が一人で出していました。彼は本当に、みんなをあっと驚かし、ワッと盛り上げるようなアイデアを考えることが好きでした。それでいて、実際に完成して盛り上がる頃になると、もう別のことを考え始める人です。ああでもない、こうでもないと考え、ひょんなことから思いついたアイデアを、今度は社員に折り紙で形づくらせたり、デザイナーさんを呼んで絵を描かせたり。そうして、実現しようという段になると、今度は私の金策が始まります。

ロマンを追いかけ続けている主人と比べ、私は地味にそろばんをはじいているわけですから、正直いちばん楽しくないところです。この時期、私は通帳ばかり見てどう金策しようかといつも考えていましたが、我ながら「穴が開くほど見たって、ゼロが増えるわけじゃないのにねえ」と思いました（笑）。

春山はそういう姿はまったく見ていなくて、お金のこともさほど心配していませんでした。もう、私に任せきりで使いたい放題ですから、「こんなことやるぞー！」「えぇっ？」「金がいるぞー！」「またいるの⁉」の繰り返し。そして、請求書を見て「こんなにかかったの⁉」とまたビックリ……。開発を始めてからは、日々そんなことの連続でしたが、やると言ったら絶対にやるのが春山ですから、こちらはついていくのみです。

春山も春山で、開発をお願いしていた岐阜の町工場まで何度も通い、試作を続けました。一年後に福祉関連の展示会に出展するという目標に向け、片道四〜五時間はかかるその工場まで、雨の日も雪の日も、よくもまあ日帰りで通い続けたものだと思います。

結局、このウィーラ・バスは完成までに二年ほどかかることになるのですが、とりあえず未完成のものを東京の福祉機器の展示会に持っていき、ピンク色のブースに設置しました。このお風呂、バスタブの中に車椅子の背とシートだけをスライドさせて、バスタブをローリングする仕様でしたが、この時点では、まだ車椅子の背が完成していないのでもたれることができません。それなのに、私に「モデルとして水着で入れ」と言うんです。さすがに水着は辞退したけれど、渋々、入るには入ってみせました。バスタブがローリングすると、「もたれてるフリをしろ」。プルプルしながらもたれる風にしていたら、今度は「笑っとけ」。

まったく、無茶なことばかり言う人ですが、この初出展のピンク色のブースには、当時の介護や福祉の現場にあった暗くて地味なイメージを覆す強烈なインパクトがあったようで、すごい反響でした。いつも新しいチャレンジでみんなをビックリさせてしまう。そんな春山を見ていると、金策の苦労も吹き飛びました。

ロマンがようやく、実を結んだ

ウィーラ・バスがようやく完成すると、春山はその製造・販売権を企業に預け、売れたらこちらにロイヤリティが入ってくるような方式を取りました。そして、次なるロマンを追いかけ、イージーケア・テーブルという介護施設向けのテーブルの開発に向かったのです。ハンディ・コープ時代に大塚製薬とのご縁ができ、そこの家具部門と提携して開発させてもらったため、今度は開発費用もかかりませんでした。

大塚製薬とのお付き合いは、障がい者にも使いやすい自動販売機についての開発相談を受け、コンサルティングをしたことが始まりでした。通常の自販機と違い腰をかがめなくてよいように、高い位置に取り出し口があるのが特徴で、春山がバリアフリー・ベンダーマシンと名付けたのです。現在、ＪＲの駅などに設置されているので、ご覧になったことのある方も多いと思います。

さて、イージーケア・テーブルの話に戻しましょう。春山がひらめいたのは、介護施設の食事介助を効率的にするテーブルをつくることでした。花びらのような形をしていて、まず放射状に要介護者が座ります。そして花びらの中央に介助者が一人入ることで、食事介助を効率的にするというアイデアでした。

テーブルが完成すると同時に、主人はハイエースにそれを積み込み、全国各地の病院や施設を回る遠征に出かけました。北に上がり、そこから南下するルートをたどりましたが、主人が営業して回った地域からはすごい勢いでＦＡＸ注文が入ってきました。昨日までどこにいたのかがよくわかったほどです。

当時、介護施設や病院に対し、「業務の省力化を図る取り組みに補助金が出る」という国の施策があり、これも手伝って飛ぶように売れたんでしょう。介護・医療の業界は、国の施策により、お金の流れが大きく変わります。春山はいつも、次はどう国は動くかという情報収集をこまめにしていました。

毎日のように入る注文に「やった！」と思いました。経理も一人では無理になってきたので人を増やしたほど。それまでお金の苦労を山ほどし続けてきただけに、喜びもひとしおでした。

第五章　家族の季節

朝のコーヒーで始まる

当時の私の一日は、朝七時から始まります。まずは、お湯をわかしてコーヒーをいれます。そしてコーヒーを一杯飲んで、しゃんとしてから主人を起こしに行きます。ベッドに寝ている彼に、まずはタバコを一本吸わせてから、抱き起こして車椅子に移し、そのままお手洗いに直行。朝一番で便座に座らせるのも毎日の習慣です。

そこから、歯を磨き、顔を拭き、スーツを着せた後にヒゲを剃り、髪を梳かし、最後にネクタイを締めて完了。だいたい、ここまでで三〇分。支度が整い、一杯のコーヒーを飲ませた後、社員が車で迎えにくるので、ここで主人を送り出します。

その間子どもたちにも簡単な朝食を食べさせ、私は夜のうちに洗っていた洗濯物を干してから自分の支度を始めます。子どもたちを保育所に連れて行った後、出社。そこから一七時までは、春山のケアをしながら経理の仕事をこなします。そして、また子どものお迎えをし、自宅に戻れば今度は夕食の支度です。

春山は外食を嫌っていたので、出張のとき以外は、どんなに遅くなっても必ず自宅で夕食を取っていました。帰宅後にはすぐ入浴し、お風呂から上がったらまずはビールで晩酌をすることが恒例の日課。ウイスキーも好きで、当時はよく飲んでいました。四〇歳を越えたくらいでほぼすべての体の機能は失われましたが、ビールをストローでおいしそうに飲んでいました。

子どもたちはそんな父を囲み、その日にあった他愛もない出来事のおしゃべりをし、父も父で「そうか、そうか」とそれを聞く。

当たり前の家族の日常の中では、父と子でチャンネル権の取り合いをすることもよくありました。我が家では、子ども部屋にはテレビを置かないと決めていたので、リビングで激しくやり合うのです。主人は映画かニュース番組専門で、何度も同じようなニュースばかり見るんですが、子どもに負けて一緒にアニメ番組を見ることもありました。「ドラゴンボール」やお笑い番組を見て、「けっこう面白いもんやな」と感心することもあったようです。

そんなひとときを過ごした後、夜一〇時にはみんなを寝かしつけ、そこから洗いものや洗濯などをしていたので、私が一人になれる時間は、だいたい、深夜の日付が変わる頃。この自由な時間に一時間くらい読書をすることが気分転換になっていました。

そして、この後、六時間の睡眠の中、主人に「由子！」と呼ばれては、寝返りを打たせること数回。

私はもともと低血圧で、特別体が丈夫なわけでもなく、一日に最低八時間は眠らないとダメなタイプでしたが、そんな生活を続けるうちに体も慣れていきました。若い頃には、風邪の流行時期になればいちばんに引いていた私ですが、子どもを産んだ後には体も丈夫になりました。風邪を引いたところで、熱を出すヒマも寝るヒマもありませんから、気付けば治っているのです。

子どもには介護をさせない

子どもが小さい頃、二人でよく話していたのは、「車椅子のお父さんが風景の中にいる」様子を、小さいうちからできる限り見せようということでした。

当時はいまよりさらに街中がバリアフリーではなく、そのためもあったのか、車椅子の人はなるべく外に出さないような時代の風潮がありました。けれど、それではいつまでも〝特殊〟なままです。子どもたちにはそうした意識を持ってもらいたくなかったので、風景の一部にして、これが当たり前でこれが普通なのだと思えるように、と考えたんです。

また、長男が小学生になる前に、春山の希望で「子どもには介護をさせない」という二人のルールをつくり、できる限り私がやることに決めました。

春山としては自分を負担に思わせたくないという気持ちがあったでしょうし、父として普通の家庭のように普通に存在したいという気持ちが強かったんだと思います。

いま思えば、この決めごとがあったから、家の中で重病人を介護しているというような重たい空気にならなかったんだと思います。

もちろん、お手伝いとして車椅子を押したり、新聞をめくったりすることは自然にやっていましたが、ときには子どもたちは、「なんでやらなあかんの。お父さん、自分でやりぃ」と反抗することもありました。

体に障がいがあれば、手伝うのが当たり前なんだという義務感はまったくなく、たとえば日曜日にお父さんがソファに座っていて息子に「テレビのリモコンを取って」と言うと、「なんでそんな面倒くさいことやらなあかんねん。自分で取ったらええやん」というのと同じ感覚。哲朗も龍二も「うちが特別大変だと思ったことはなかった」と言っていました。

それに、春山は自分の仕事のイライラや体のイライラを子どもにぶつけるようなことは絶対にしませんでした。もちろん私も私で、「大変だ」とは一切言わないようにしていました。子どもの前では不機嫌な姿を見せないこと。普通の家庭の主婦のみなさんと比べたら、かなりの運動量だったかもしれませんが、それも体力づくりになっていいかなと思うようにしていました（笑）。

幼かった息子たちの想い、そして父の想い

二人の息子は、まだ小さかった頃から「父親は一緒に遊んでくれる存在ではない」とわかっていたようです。けれど、春山から聞いた話では、長男が小学生のとき、「近所の子はお父さんとキャッチボールしてるのに、うちはなんでできないの」と言ったことがあったそうです。

そこで、春山は息子と一緒に車椅子で表に出て、壁に当てて練習する方法を教えました。しかし、「ちゃうやろ」「こうやろ」と語気を強めていく父と、上手にできない自分自身にいら立った哲朗は、「〇〇ちゃんとこのお父さんは、ちゃんと手でさわって教えてくれたのに、なんでお父さんはできへんの！」とゴネたのだそうです。

この直後、主人は泣いていました。自分にはしてやれないことがあまりにも多いのだと痛感したのでしょう。けれど、できないことはできないもの。私はただその背中

をさすりながら話を聞き、「哲朗もちょっといら立ってしまっただけよ」とだけ答えました。

ただ、この後に自転車の乗り方を教えたとき、春山も教え方を考えたようで、「右足出せ、左足出せ」「いちに、いちに」とわかりやすく伝え、それがうまくいったんです。「お父さんに教えてもらった！」と言って、はしゃいで自転車を乗り回す哲朗を見て、春山も父としての自信を取り戻したようで、本当に嬉しそうでした。

次男の龍二も小学校の運動会のときに、「お父さん、来るの？　車椅子だと恥ずかしいわ」と言ったことがありました。そのときも春山はひどくしょげた様子で、「行くのやめとこかな……」と気弱になっていました。

私は、これは春山らしくないなと思い、「あかん、あかん！　お弁当もつくったし、さあ、行く、行く！」と陽気に連れ出すことにしました。春山も行けば行ったで、「おーい、龍二！　いけ、いけ、いけー!!」と誰よりも大きな声で応援し、すっかりいつもの調子。龍二にとってはそれはそれで恥ずかしかったようですが……。

春山は、ままならない自分の体にいろいろと思うところもあったでしょう。でも、私自身は全然気にしなかった。それこそできることをやったらいいと思っていましたし、たまたま車椅子に乗っている父親というだけのことだと思っていました。

私たち二人がそれを特別なことだと思わなければ、哲朗も龍二も自然体でいられるはず。実際、哲朗が友だち同士でしていた会話を聞いていたとき、誰かが「うちにはこんなスゴイもんがあんねん！」と自慢したら、哲朗が「うちには車椅子があるぞ！」と自慢していたほどです（笑）。

運動会でも、みんなが車椅子の周りに集まってきて、我先に春山のひざの上に乗りたがったり、車椅子を押したがったり。障がいがあるからと親が引け目を感じていたら、子どもは鋭く反応し、遠慮したり暗くなったりするもの。けれど、うちではごく普通の父親と子どもの関係性でした。心の持ち方ひとつで、周囲の人もみんな自然に受け入れてくれるものだと思いました。

年三回の家族旅行

子どもたちが小さいとき、主人と二人で決めたことはもうひとつあります。ふだんの休日は家でゆっくり休みたくてどこにも連れて行けないので、「春・夏・冬の休みには必ず家族旅行に出かけよう」と。この旅行は、冒険になぞらえて〝春山探検隊〟と春山が名付けました。

毎年、冬休みは岩手の安比《あっぴ》高原でスキーを、夏休みには沖縄で海を、そして、春休みにはそのどちらかを楽しむ旅を続けました。子どもたちをスキー教室に入れ、私たちは現地で合流した取引先の方々と会議し、夜にはそのご家族と一緒に夕食を食べることもよくありました。仕事人間の春山にとっては、家族と過ごし、仕事もできて一石二鳥だったのかもしれません。

もちろん、のんびりと過ごすひとときもありました。ホテルのラウンジの窓からゲレンデにいる息子たちの様子を眺めつつ、二人でゆっくりコーヒーを飲んだり、本を読んだりして過ごす穏やかな時間。遠くから見つけやすいよう、息子たちには派手なスキーウェアを着せましたが、龍二のウェアが黄緑だったので、哲朗が「ミドリムシ」というあだ名をつけて大笑いしてました。

一度、全員でゴンドラに乗ったこともありました。春山は、昔から基本的に無茶する人でしたから「いけるやろ」と、安全確認もそこそこに、車椅子ごと春山を担ぎ、ゴンドラにポンと乗せてしまうんですから、見ていた人たちはさぞ驚いたでしょう。私たちはゆっくりと山頂で風景を楽しみ、子どもたちが滑り降りていく様子を見ていました。この頃、テレビ局が密着してドキュメンタリー番組にしたいということで、カメラマンさんが同行して映像を撮影。頂上で記念写真も撮ってくれました。

春山は、自分の中での気持ちの切り替えがすごく上手で、楽しむときは目一杯楽しむ方向に切り替わります。ふだんの休日は家にいても仕事のことが頭から離れなかったと思いますが、一歩違う世界に踏み出せば、目一杯楽しむ。自分の中でオンとオフの切り替えがうまくできていましたから、頭の回路自体は単純だったのかもしれません（笑）。

子どもたちが小学生のときに出かけたはじめての海外旅行、グアムでも、「オレも海に入る」と無茶を言い出しました。

頭の下に寝そべることのできる浮き輪のようなマットを置き、体はゆらゆらと浮いている状態にしてみたら、「無重力や！　このままずっと水の中にいたいわ」とすごく気持ち良さそうにしていました。いつも起きているときは座りっぱなしでお尻が圧迫されているわけですから、水の中は本当にラクだったようです。

「気持ちがいいからこのまま放っといてくれ」と言うので、私も子どもたちと遊ぶことにしましたが、そのとき、哲朗が春山にいたずらを仕掛けたんです。海中で見つけたナマコをポンとお腹に載せたらしい。

「うわー!!」という叫び声に驚いて振り返ったら、彼の頭を支えていたマットがヒューンと飛んでいき、完全に一人で浮いている状態に！　それでも、本人はちっともあわてず、「おーい」と言いながら上手に浮いていましたし、私たちも「放っといたらどこまで行くんかな？」とそのまま笑って見ていました。

このときもやはり、テレビ局のカメラが同行撮影していたので、しっかり撮られていました（笑）。

春山はテレビ局の同行取材にも基本的には協力的で、「タダでハンディネットワークのコマーシャルをしてくれるんやから大歓迎や!」と考えていました。けれど哲朗は、中学生になった頃からすごく反発するようになり、取材が入るとさっさとどこかに行ってしまったり、ちっとも笑わなかったり。ただでさえ親や周りの大人に反抗したくなる年頃ですから、なんで他人がプライベートな生活にずかずか入ってくるのかと、彼なりにいろいろ思うところはあったのでしょう。

春山はそうした哲朗の態度には、特に何も言いませんでしたが、一方で、譲らない部分がひとつだけありました。それは、「挨拶だけは笑顔でちゃんとせえ」ということ。自由にするのはいいが、きちんとスジを通せということの教え、哲朗も龍二も、他はどんなに嫌な顔をしていてもそこだけはきちんと守っていました。

なぜ、難病と知っていて結婚したんですか?

この頃インタビューで必ず訊かれたのが「なぜ難病と知っていて結婚したのか?」

という質問でした。ここまで読んでくださった方にはわかっていただけるかと思いますが、私の答えは本当に単純で、「難病の春山と結婚したのではなく、春山という男と結婚したから」なのです。本当に不思議なくらい病気であることを気にしませんでした。

私は、春山という一人の男を見ていて、すごく面白いと思えた。次は何をやるのかなという楽しみがあり、ずうっとその連続でした。中身が好きなら、外側は関係ない。そういうことです。たまたま進行性筋ジストロフィーという病気がおまけでくっついてきただけ。

好きなのに難病だからと諦めるような生き方をすれば、今後の自分の人生で何かあった時、たやすい方を選ぶ。そんな生き方はしたくなかった。

なぜか、私の周辺でも、腫れ物にさわるような振る舞いをする人はいなかった。家族も友人もそうでしたが、春山の人柄を知っているから、やはり外側は関係ないのでしょう。

子どもたちが小学生時代に所属していたサッカークラブでは、父母がボランティアで子どもたちを試合場まで送迎していましたが、ありがたいことにほとんどお手伝いできないうちの事情を理解してくれていたのです。嫌味なことを言ってくる人は、本当に一人もいなかった。やはり人に恵まれているのでしょう。

ただし哲朗は、「お父さん大変だね」「頑張っているね」と声をかけられることがよくあり、自分自身では普通の家庭だと思っていただけに、そこに違和感を覚えたこともあるようです。

また、テレビ局の密着取材などの前には、春山自身が「お涙頂戴の番組は絶対につくらんでくれ！」とはっきりと伝えていましたから、よくある難病の苦労話にまとめあげられることもありませんでした。

そういえば、春山がテレビの取材でひとつだけ文句を言ったことがありました。インタビューだけでなく、役者さんによる再現ＶＴＲが流れたんですが、自分を演じた役者さんがどうも気に入らなかったらしく、「オレ、こんなんちゃうわ」と不満げに言っていました。家族から見れば、むしろ本人より格好いいくらいでしたが、それが気に入らなかったのかも（笑）。

こんなエピソードもあります。哲朗が小学校四年生のときに引っ越しをし、転校した直後の話。朝になってもなかなか布団から出てこず、お腹が痛いと言うんです。さらに次の日もまたお腹が痛いとぐずっていて、「何かあったの？」と私が訊くと、「クラスで〝霊がついた〟ってパチンとさわる遊びが流行っていて、転校したばかりの自分が集中攻撃を受けた。だから、嫌や」と言います。

すると、トイレに座って聞いていた春山が、「哲朗！　お父さんが学校に電話したるからすぐ行け！」と言いました。主人はトイレに座ったそのままの姿で学校に電話をかけ、担任の先生に「うちの哲朗がいじめられてるんやないか？　転校したばかりやで！　すぐに対応しなさい！」と叱りつけたのです。

さぞかし、先生はビックリしたでしょう。その日、帰宅した哲朗は「みんなちゃんと謝ってくれて、スッとしたわ」と言っていました。後日、学校の懇談会に出席した私は、「すみません。主人があんな言い方してしまいまして」と謝ったのですが、先生いわく、「いじめではなく、たまたまそういう雰囲気になっただけのようです。でも、生徒たちに自分がされたらどう思うかと訊いたら、ちゃんとみんな謝りましたよ」。

春山のやることはメチャクチャですが、何かあったら迅速。その後、哲朗が学校を休みたがることはなくなり、結果オーライとなりました。

そんなわけで、どう考えても、〝難病の夫〟のイメージではないんです。主人は、私にとってあくまで〝春山 満〟という強烈な個性を持った男らしい人なのです。

愚痴を言うのは「天に唾を吐くようなもの」

時間に追われる毎日を過ごし、「そんな生活を愚痴ひとつ言わずによくやっているね」と言われたこともありました。でも、私にしてみたら、「自分が選んだ人生だから」としか思えないんです。これまで友人の愚痴や相談を聞いてアドバイスしたこともありましたが、それも結局は本人が決めることです。

そもそも自分の人生だから自分で選んで決めるもの。誰かに決められたら、失敗したときに納得できませんし、うまくいかないときに必ずその誰かに文句を言いたくなるものです。

だいたい親や兄弟、友人に愚痴を言ったところで心配させてしまうだけですし、それなら言わないほうがいいと思ってきました。言ったところで気分がスッとするとも思えないし、すべては自分に返ってきてしまうもの。

息子たちにも、「愚痴を言うのは天に唾を吐くようなもの」だといつも言ってきました。解決するのも自分なら、すべてを選んで決めていくのも自分の意志ですから。

だから、新しく私の仕事が増えるとき、つまり、春山の体の機能がまたひとつ失われて、私がそれまではしなかった手伝いをするときには、いつも「これからは私が一生これをやる」と覚悟を決め、自分自身で選択しているのだと納得していったのです。

まあ、それ以前に私の場合は愚痴を言っているヒマがなかったというのも現実です。それに、主人は日頃から「ありがとう」「サンキュー」とよく言ってくれましたから、ストレスも溜まりませんでした。

じつは、結婚間もない頃、「できないことは私がやるけど、当たり前と思われたら腹が立つから、ちゃんと〝ありがとう〟と言わなあかんよ」と伝えていました。心で思っていても口に出さなければその想いは伝わらないもの。私だって、お世話をすることが当たり前だと思われていたら、きっとつらいと思ったはずです。だから最初にそれを言いました。

介護でも、それ以外のことでも、何かをしてもらったら「ありがとう」と言うのは当たり前。

私と主人の場合、「こうしてほしいな」と思うことは、まず自分からするようにしていました。それを何度か繰り返すと、相手も気付いてくれます。相手にもよりますが、最初からはっきりと伝えにくい場合には、自分から「ありがとう」と言うようにしてみるといいかもしれません。

あまりに疲れて、プチ家出

じつは私、一度だけ家出をしたことがあります。

哲朗が小学一年生くらいのとき、休みの日に疲れ切って寝ていたら春山に起こされました。彼もマイペースですからこちらにはお構いなし。仕方なくコーヒーを準備し、私はまたベッドに入りました。するとしばらくして主人が哲朗に「起こしてこい」と言っているのが聞こえてきたんです。哲朗に「起きろ、起きろー！」とハタキでパタパタはたかれ、それでも体は泥のようにベッドにへばりついたまま起きられない。

でも、あんまり腹が立ったので、車のキーを持って家から出て行き、車の中で寝てやりました（笑）。そのとき、哲朗が「お父さん、大丈夫や。これから龍二と三人分のラーメンつくったるから、もうずっとラーメンの生活でいいか？」と言ったそうです。後で聞いて、思わず笑ってしまいました。

介護をしていても「やってあげている」という思いが強くなり過ぎてしまうと、よりつらく感じてしまうものでしょう。でも、目の前のことをこなさなければ前には進めないことに変わりないなら、そうした日々の中に面白みを感じ、楽しく笑いながら過ごせば、明るい気持ちになれる。私はそう思ってやってきました。

もちろん、「頭でわかっていても、明るくなんてなれない」という人もいるでしょう。これも私の経験ですが、ハンディ・コープを手伝っていた頃、そこで出会う障がい児のお母さんたちはみんな驚くほど明るかった。「障がいを抱えたお子さんを持つというたいへんな状況があるのに、どうしてみんなこんなに明るいんだろう?」と思いました。

そのとき、保育所で保母さんをしていた私の姉に「つらいことやたいへんなことには、乗り越えるラインがあるのだ」という話を聞いて、なるほどと。考えてみれば自分も「たいへんなのにいつも笑顔で明るいですねえ」とよく言われていたんです。

ある時点まで無我夢中で頑張り、そのラインを乗り越えてしまえば、ふっ切れて些細なことにも喜びを感じて楽しめるようになるものなんです。どんなにつらい今日を過ごしていても、そんなときが必ずやってきますから、いまたいへんな方も、それを信じて前を向いてほしいと思っています。

四〇歳で念願の一戸建て

私たちが念願の家を建てることにしたのは、二人が四〇歳のときでした。

数年前から「やっぱり自分たちの暮らしやすい家を建てたいね」と考え、良さそうな土地を探しに出かけるようになり、はじめて見たのが、いまも自宅の建っている土地です。小高い丘の上にあり、広い空の下、町全体を見渡せる風景に二人して心ときめかせましたが、バブルの名残でとても手の届かない値段。

そこで、さらにひと山越えたところにある新興住宅地も検討しましたが、曲がりくねる山道を見て「もしも子どもたちに何かあったとき、夜道を自分で運転できるだろうか」と思ってあきらめたのです。

それから三年後、イージーケア・テーブルがヒットし、自分たちの未払い分の給料がまとめて入り、コツコツお金を貯め始めた頃、その土地がまだ売れずに残っていると知りました。値段もかなり下がっていて、春山は東西に続く四軒分のその土地の「端のほうが気に入った」と言います。まだ雑木林のような状態で、おまけに傾斜地のため、基礎にお金はかかりそうでしたが、私も「面白い土地だ」と賛成！　さっそく家の設計をし、銀行で住宅ローンを組み、建築工事に取りかかりました。

家が完成した直後、主人と二人で隣接して続く広々とした空き地を眺めながら、私は言いました。

「いつか、こっちのほうの土地も全部買おう！」

「何言っとんねん。やっと借金して家を建てたのに、ようそんな無責任なこと言えるなあ」

「ええやん。見晴らしいいし、気持ちいいやん」

そんな軽口を叩く私を、春山は困ったような笑顔で見つめていました。銀行に提示されたのは三五年のローン計画。そのとき、春山は「三五年なんて、オレ生きてへんわ。一〇年で返したる！」と言っていました。普通はローンを組んだ本人が亡くなった場合、保険に加入しておけばそれで返せる仕組みもありますが、障がいのある春山には適用されませんでした。主人にとっては「生きているうちに頑張らないかん！」というプレッシャーもあったでしょう。

それから数年後、不動産屋から「隣接していた土地を手放したい」という話があり、さらに数年後にその向こうに続く土地も売りたいと言われ、ひと続きだったその広い土地をすべて購入することができました。

春山自身頑張って、本当に最初のローンを一〇年で返せたこともありましたし、いろいろとタイミングも良かったと思います。

春山に、「だから言ったでしょ？　私が言うた通りになったでしょ？」と言ったら、「おお、ほんまやなあ」と感心していました。

現在、ここには私たち夫婦の自宅と、会議に使える会社のサロン、そして、長男の哲朗夫婦が住む家の三棟が並んで建っています。

からくり屋敷のバリアフリー

自宅を構えるとき、最初にこだわったのは「車椅子ですべての部屋を行き来できるバリアフリーにする」ということでした。できる限り段差はつくらず、廊下も扉も幅を広くするよう、二人で間取りや全体の設計を決めていきました。

車椅子の場合、幅が狭い場所では九〇度回転させなくては曲がれなかったり、部屋に入れなかったりするので、ほんのちょっとの工夫で移動がとてもラクになるのです。

一方で、「バリアフリーだからって、施設のようなイメージにするのは絶対に嫌だ」と思っていました。子どもたちの友だちが遊びに来ても、普通の家と変わらない温かみのある家にしたかった。そこで、主人が「からくり屋敷にしたらええ」と言ったのです。

たとえば、エレベーターの手前に木製の扉をつけたり、トイレの扉を折れ戸にしてみたり。玄関と道路の間には、水はけの問題上、どうしても一段のステップをつけねばなりませんでしたが、ここも工夫して駐車場まで車椅子で行けるようなスロープの小道をつくったり。将来的に私の足腰が悪くなったときのために、最初から壁の裏側を補強して手すりを打ち付けられるようにもしました。

みなさんも家を建てる場合には、「からくり屋敷」にしておくことをおすすめします。「二階建ての家だけど、いまは元気でエレベーターもいらない」と思うものですが、それなら収納庫や本棚としてスペースを残し、もし体が不自由になったらエレベーターを設置できるような設計をしておいたほうがいいと思います。

だいたいの場合、家を買ってローンの返済が終わる頃に、足腰が悪くなってくるもの。そのとき、家が使えなくなるというのも残念な話ですから。

二人のこだわり

この家の設計では、リビングからの眺めにもこだわっています。座りっぱなしの主人からも、外の景色がよく見えるようにし、バリアフリーで行けるテラスもつくりました。

体の動かせない春山は、私たちよりもずっと感覚が鋭く、季節の移り変わりや風のにおいに敏感でした。だからこそ、暮らしの中の風景をすごく大事にしていました。小高い丘の上にしたのも、季節を感じられるというのが大きかったのです。

夏の間に私たちは設計事務所との打ち合わせを何度も繰り返しました。そこから私はキッチンなどの設備をショールームで探したり、壁紙を決めたり。カーテンなどの細かいことも私にすべて任せてくれました。けれど、「オレにも一ヵ所くらい決めさせてくれ」と言うので、「そんなら、二階のトイレの壁紙だけ決めたら？」と。まあまあな柄を選んでいましたが、本人は満足だったようです(笑)。

それから、主人の意向としては、曲線的なデザインよりも、直線的なほうがいいというので、三角屋根をつけたりもしました。私自身は、以前からステンドグラスに興味があったので、「いざ建てるなら、自分でつくったものを入れよう」と、仕事の合間を縫って、週に一度、ステンドグラスの教室に通い、一ヵ月で完成させました。三角屋根の下には、この丸いステンドグラスをはめ込みました。

家が建つまでの間は、土日はほぼ設計事務所との打ち合わせで潰れ、引っ越し直前には夜中の三時過ぎまで片付けをすることもしょっちゅう。目の回るような忙しさでした。

そうして、めでたく家が完成したのは翌年三月のこと。その夜は、二人でビールで乾杯しました。主人ときたら、四〇歳で家を建てられたことが本当に嬉しかったようで、「三五年ローンなんて、到底考えてもいなかったから目標ができたなあ。ちょっとでも早く返すために仕事も頑張らな！」と目を細めていました。

血尿事件

春山は、コーヒーとビールが本当に好きで、よく飲んでいました。一方で外出するときは、やはりトイレのタイミングを気にしてか、利尿作用のあるお茶はもちろん、水もほとんど飲まず、なるべく水分を取らないようにしていたんです。

そんなある日、いつものように尿瓶《しびん》で尿を取っていたら、真っ赤なスイカの汁のようなものが出てきました。「これはたいへんや！」とあわてて、すぐに病院に連れて行こうとしましたが、そこは筋金入りの病院嫌い。テコでも動きませんから、仕方なく瓶に移した尿を持って近くの病院に行ってみたんです。

すると、先生は「奥さんの気持ちはわかるけど、本人が来ないとねえ」。そりゃあ、そうです。診断もしたことない人の尿だけ持って行ったって、先生だって困ってしまいます（笑）。

この頃、春山は病院のコンサルティングも手がけていて、月に一度、九州の病院のコンサルに行く日が良いタイミングなことに翌日だと気付いたんです。そこで、病院長に前もって連絡し、「こういうことがあったから、春山には内緒で調べてもらえませんか」とお願いしておきました。

翌日、何も知らない春山は、病院に着くなり、院長から婦長までが玄関先で出迎えていたことに驚いたそうです。

「何事や⁉」と思う間もなく、婦長さんに車椅子をワーッと押され、あれよと言う間に診察室に連れて行かれ、わけもわからずポカンとしたまま血を採られたという春山。

その後、院長から電話があり、腎盂炎《じんうえん》と膀胱炎《ぼうこうえん》になっているから本人に抗生物質の薬を渡したとのことでした。「段取り良くやれましたよ！」と笑っていましたし、九州から戻った春山も、「奥さんから電話がありましたからって言いながら、抵抗する間もなく二本も血ぃ抜かれたでぇ」と、苦笑していました。

その薬のおかげで、すぐに治まりはしたものの、一ヵ月も経たないうちにまた血尿が出て先生に電話することに。「抗生物質で抑えることはできるけれど、これを繰り返したらいずれ入院になりますよ」との話で、どうにかしないといけないと思いました。

サプリメントで痛風が治った⁉

そこで私はこの頃から、春山の体を少しでも健康に保つため、サプリメントの研究を始めました。本人は大の医者嫌いですし、私自身も薬を飲み続けることに賛成はできなかった。自然のもので少しでも体のつらさを軽減してあげたくて一生懸命探しました。

春山自身がテレビによく出演していたことで、いろいろな人から「こんなものがいい」「あんなものが効く」というお手紙や電話をいただいていたので、直感的に気になったものを自分で試し続けました。いまはインターネットで簡単に探せますが、当時はそんな便利な時代ではなかった。誇大広告も多くあったし、情報も玉石混淆《ぎょくせきこんこう》。

だから、仕事の合間を縫いながらいろいろな情報をチェックし、「これなら」と思ったものを飲ませるようにしていきました。

まず挑戦したのが、腎臓にいいといわれたアロエベラジュース。最初、無理矢理に「いいから、いいから」と飲ませたら「なんや、このゲロみたいな変な味は！」と大騒ぎ。それでも、知らんふりして飲ませ続けてみたら、血尿が出なくなり、体調もずいぶん良くなってきました。

本人も手応えを感じていたのでしょう。ある日、ジュースが切れたので、そろそろ頼もうと思っていたら、主人は「早よ、注文せい。切らしたらあかん」とうるさく言い出しました。あんなに嫌がっていたのに、ちょっとでも自分がいいと思うとこの変わり身の早さです。本当に単純です（笑）。

アロエベラジュースに手応えを感じた私は、次に、免疫力を上げるというアメリカ製のサプリメントを飲ませることにしました。朝昼晩に一錠ずつ、一日三錠と書かれていましたが、最初に飲ませるとき、「効き目が早く出るように、一回で六錠くらい一気に飲ましたろ！」と。

これには春山は必死で抵抗しようとしました。じつは、春山は三〇代の頃から痛風にもかかっていたんですが、やはり痛風だった自分の父親が生涯薬を飲み続ける姿を見ていたせいか、「一生薬漬けになるのは嫌や」と一切薬を飲まなかったんです。サプリメントも薬のように思えたんでしょう。それでも、「ええから飲みい！」と口を開けさせ、アロエベラジュースでどんどん飲ませてしまいました。

すると次の朝、目覚めた春山が痛い痛いと言いながら「おまえ、オレに一体何を飲ませたんやあ！」と怒り狂って叫んだのです。

なんと、強烈な痛風の痛みが出たとのこと。あわてて販売元に電話をかけたところ、好転反応だろうと言われました。

しばらくすると痛みは治まり、以来、発作のように出る痛風の痛みがぴたっとなくなってしまった。あのとき、悪いものが一気に出たのかもしれません。

「一瞬、妻に殺されるかもしれないと思った」という春山でしたが、このサプリメントも気に入ったようで、ずっと飲み続けていました。

主人が一番気に入っていたのが、腸の善玉菌を増やすサプリメントです。子どもの頃からあたりまえと思っていた軟便が、飲んだ翌日から調子が良くなったのです。

人によって合う合わないはあると思いますが、どうやら春山にはサプリメントは効果があったようです。

いろいろなサプリメントを試すうち、春山も私の直感力を信用するようになり、「おまえがいいと言うたものは、何でも飲むわ」と言ってくれました。私は「生かすも殺すも私次第やね」と応えながら、「腎臓と痛風と軟便は治したけれど、進行性筋ジストロフィーだけは難しいなあ」と、ちょっぴりほろ苦い気分になりました。

第六章　夫の役割、私の役割

四〇代で気付いた人生の意味

一軒家を建てた頃のお話です。毎日やることはどんどん増えて、体はボロボロ。精も根も尽き果てる日々で、海外旅行のお土産でもらったブランデーを寝酒に飲む癖がつきましたが、さすがにこれは自分で「こんなことをしていたらダメだ」と気付いてやめました。

けれど、「主人のため、子どものために、目の前のことをこなすだけで過ぎていく毎日。私の人生、これでいいのかなあ」という、いままでにない気持ちを心のどこかで感じ続けていました。

走り続けて一〇年以上、心身ともに疲れが溜まって、いまにも決壊しそうになっていた時期だったのかもしれません。

ようやく家が完成し、次男も小学校に入学し、少しは落ち着けるようになったとき、私は「久々にゆっくり本でも読もうかしら」とふらっと書店を訪ねました。そこで何気なく手に取った一冊の本のおかげで、私は自分が生きている意味に気付くことができたのです。

人の持つ使命などについて説いていたその本を読み進めるうち、ある一行が私の目に飛び込んできました。

「人間は必ず役割を持って生まれてくる」

私の中にストンと入ってきたこの言葉のおかげで、もやもやとした霧が晴れていくような気持ちになりました。

そうか。私の役割は、春山という人を生かすことなのではないか、と腑《ふ》に落ちたのです。

当時、春山の生き方をテレビや雑誌などで知った多くの人々から「元気をもらった」「感動した」というお手紙をいただく機会がどんどん増えていました。主人宛ではありますが、もそうした嬉しい言葉に大きな喜びをもらえると感じていたのです。ただひたすら、無我夢中でやってきたけれど、私は春山を生かすことで、多くの人に何かを伝え、そして、私自身もそれを喜びとして受け取ってきた。私自身がやっていることにも大事な役割があるのだと再認識した瞬間でした。

それからは、「時間に追われ、睡眠もろくに取れず、こんな毎日で一生が終わるのか」というような気持ちはスッとなくなり、心穏やかに、自分のやるべきことに向き合えるようになったのです。

たとえば、介護で疲れ切っている方は、どんなに無我夢中でやってきたとしても、ある日、どこかで気力をなくして立ち止まってしまうこともあるのではないでしょうか。そんなとき、周りの人からどんなに励まされても、どうすればいいかを教えてもらったとしても、なかなか納得できないし、スッと理解することもできないものです。

本からの学びには、そのとき、潜在的に必要としているものを自分の心でつかみ取れるような、そんな良さがあると思います。たった一行で、これだけ簡単に気持ちを切り替えることができるのか、こんなにもラクになれるものなのかと、我ながら驚きました。みなさんも、私のような気持ちになったときは、ぜひ本を手に取ってほしいと思います。

介護＝無我の境地

四〇代に入り、新居に引っ越してからは、以前に比べるとかなり落ち着いた生活になりました。子どもたちは順調に育ち、ハンディネットワークの事業も軌道に乗り、売り上げも年々上がっていったので、資金繰りで苦労することもなくなりました。

私の日課もほぼ同じ流れで過ぎていき、子どもたちを学校に送り出し、主人を仕事に送り出した後、ハンディネットワークの仕事に出かける毎日を続けていました。

春山の介護をし始めてから一〇年が過ぎた頃、私はあることに気付きました。毎日、朝に主人を起こし、その支度を手伝ってきたけれど、この一連の動きと感覚は、何かに似ている。

それは、「茶道」でした。

若い頃に少しだけ習ったことがありましたが、茶道の所作にはムダがまったくないのです。そして、朝、春山を起こすところからの三〇分の私の動きにも同じことが言えると感じました。

ベッドから起こして車椅子に移し、トイレ、歯磨き、身だしなみを整えた後、コーヒーを飲ませて送り出す。気付けば、いつも同じパターン。無意識に同じ動きができるようになっていて、その所作のひとつひとつにまったくムダがないのです。

恐らく、ぐっと集中し、無意識に動けるようになっているんでしょう。もしもそんなときに「あ、今日はあの仕事を忘れないようにしないと」なんて考えたりすると、ネクタイの結び方を忘れたり、全体の動きがスムーズにいかなくなります。一切、何も考えずにただただやっていると、きれいに時間通りに支度ができて、何とも言えない気持ち良さがありました。

それで、「このムダのない所作は、茶道と同じだ！」と。さらに一〇年が経ち、五〇歳を迎える頃には、もはや無我の境地です。目を閉じていても、体が勝手に動いてくれて、集中して〝無〟になれるその時間がとても心地よくなりました。毎日、一生懸命同じことを繰り返してきた自分ですが、もしかしたらこの心地よさ、この境地を知ることができたのは、そんな自分へのご褒美かもしれないと思いました。

春山にこのことを話したら、最初は「何を言い出すんや？」という顔をしていましたが、「ほお、そうくるかあ」と面白がって聞いていました。

無我の境地になれるひとときは、本当に心地いい時間。それはきっと、どんなことでもいいんです。ひとつのことをやり続け、毎日工夫を重ねて極めていくと、こういう気持ちを味わえる。そんなことを日常の些細な動きの中で思えたことに感動しました。

いま考えると、春山に話しかけられてもまったく耳に入っていなかったようで、本当に黙々とやっていました。それくらい集中していたんでしょう。

どんな作業でも、それを繰り返し、極めていくことによって「無我の境地」になれるはず。もしも私が「嫌だ嫌だ」と思ってやっていたら、こんな気持ちは味わえなかったでしょう。だから、どんな些細なことでも、どんなしんどい日々でも、一生懸命にやっていれば、きっとこういうご褒美がもらえるものなのだと思います。

長男からの手紙

二人の息子たちは、父親が障がいを抱えていることに何の負い目を持つこともなく、真っ直ぐに育ってくれました。

ただ、長男の哲朗は、春山がマスコミに取り上げられ、地元で有名になっていく過程の中、「春山 満の息子」と言われることを次第に嫌がるようになりました。テレビ番組の取材のときには、絶対に家に帰ってきませんでしたし、高校も地元から少し離れた学校を選んだ長男。やがて、卒業後の進路について、突然「ハワイの大学に行きたい」と言い出しました。

春山家では、本人の意思を大切にすることが当たり前でしたから、私たちはその理由も特に聞きませんでした。日本にいるだけではわからないこともありますから、若いうちに海外の環境を自分の目で見るというのはとてもいいこと。私と主人は二人ともそう思っていたので、「本人がそういう道を選んだのなら、ええことや。できるだけの応援をしよう」と送り出しました。

後々本人に聞いた話では、やはり「春山 満の息子」と言われ続ける環境から抜け出したいと思っていたそうです。関西空港で私たちが「頑張って行っておいで」と見送ったあのとき、とても清々しい笑顔をしていたことが記憶に残っています。

ハワイに飛び立った哲朗は、リビングのチェストの引き出しに私たちへの置き手紙を残していきました。

そこには、「これまで育ててくれてありがとう」という言葉とともに、「オレはお父さんのことを必ず超えてみせるから。そして、お母さんみたいな彼女を見つけるよ」と書かれていて。私たちがちゃんと頑張っているのを見てくれていたこと、そうしてここまで素直に育ってくれたことが伝わり、二人とも感動して、思わず泣いてしまいました。「嬉しいなあ」と呟いた春山の姿が記憶に残っています。

子どもばかりに手をかけられない生活に「悪いなあ。ごめんねえ」と思うことも多々ありました。けれど、物理的にできないことはできない状況。そのとき思ったのは、かつての私自身のことでした。

実家が自転車屋をやっていて、普通の家庭よりもいろいろと手伝いをさせられることもあった。反発する気持ちもありましたけれど、黙々と働く職人気質の父の背中と、それを見守って支える母の姿を見るうちに、徐々に素直にこんな仲むつまじい風景もいいなあと思えるようになっていたのです。

だから、主人と私、二人が仲良く一生懸命に頑張っている姿を見せれば、息子たちもきっとわかってくれるはず。そう信じてやってきたので、この手紙で想いが通じていたことがわかって、本当に嬉しく思いました。

子どもたちの巣立ち

長男の哲朗は、言いたいことをワーッと言える強い性格で、どちらかというと春山に似ています。三歳離れた次男の龍二も、きかん坊なところは春山にそっくり。けれど、マイペースなところは母親の私に似ていると言われます。幼い頃からお兄ちゃんにからかわれたり、ケンカに負けて泣いたりしながらも、兄のやっていることに影響を受けて真似したがることも多かった。

小学校のときのサッカークラブも「兄ちゃんがやっているから自分もやる」と言いましたし、高校卒業後の進路も、哲朗と同じハワイ留学の道を選びました。家族で哲朗の留学先を訪ねたとき、現地でイキイキと暮らし、堂々と英語を話す兄の姿を見て「すごいなあ」と思ったようでした。

哲朗のときも龍二のときも、春山と一緒に飛行場まで見送りに行きました。龍二を送り出したそのとき、二人とも、これで子育てがひと段落したんだとはじめて実感できました。家のローンも払い終わっていましたし、何より、息子二人がここまで育ってくれて、希望通りに留学させてあげることもできたわけですから。

「ひとつのことをやり遂げたんだ」という想いに、お互い感無量。もちろん、留学先でもきっといろんなことはあるでしょうし、心配もありましたが、自分で自分の道を選び、親元を離れて頑張ろうという逞《たくま》しい姿を見ることができたので、いまはそれだけでもう十分。主人と二人でビールを飲みながら「ここまで二人で頑張ってきて良かったなあ」「お互いによう頑張れたなあ」と、しみじみ語り合いました。

このことは、私たちにとって、素晴らしいご褒美になりました。

寝返りの手伝いからの解放

春山は三〇代後半の頃から、イージーケア・テーブルやバリアフリー・テーブル、ポスチャーサポートチェアなど、介護・福祉の快適性や利便性をアップする様々な商品を企画・開発し、グッドデザイン賞をはじめとする多くの賞を受賞しました。

四八歳となった二〇〇二年には、床ずれや腰痛を緩和するベッドパッド、ディプスリーの開発に成功し、あるテレビショッピングでナンバーワンの売り上げを叩き出しました。最初にオリックスグループの不動産部門の当時の社長が遠赤外線効果のある新素材を持って来られて、「何に使ったらいいのかわからない」と相談されたことがきっかけとなり、開発に至りました。

春山は、三八歳で自力での寝返りが完全にできなくなり、四〇歳になる頃には首もほとんど動かない状態にまで病状が進行しました。そのため私は毎晩一～二時間に一度は起きて寝返りを打たせるという暮らしをずっと続けていました。けれど、不思議なことにこのベッドパッドを試してみたその晩、春山は一度も寝返りを要求することもなく、ぐっすりと眠ることができたのです。

可能性を感じた春山は、オリックス・インテリアと一緒に開発をスタートし、私も高級感を出すための生地の選別やデザインを手伝いました。このベッドパッドのおかげで、寝返りを求める春山に起こされる回数は格段に減り、実に十数年ぶりに私たちはゆっくりと眠りにつくことができるようになりました。

ディプスリーの開発と同時進行で、春山は「音声で寝返りを自動に行うベッド」の開発も進め、翌年には三洋電機との共同開発で完成させました。寝返りベッドは以前、別の会社と共同開発を試みたことがありましたが、なかなかイメージ通りのものができず、一度は断念したこともあった商品です。

「そのうち、おまえにラクさせてやるから待ってろ」という春山に、私は内心、そんなものをつくることは到底無理だろうと半ばあきらめていたのです。

けれど、実際に完成し、自宅に設置された寝返りベッドを見て、私はビックリしました。ベッドの上に横たわり、「まあ見てろ」と自信満々に言う春山が、「右、寝返り」と声を上げたら、「右に寝返りしますか？」という電子音声が流れ、再び「はい、どうぞ」と春山が答えると、ベッドのあちらこちらがゆっくりと折れ曲がっていくのです。見た目は普通のおしゃれなベッドが、まるで精密なロボットのように、主人の声に従ってしなやかに変形し、やがてきれいに寝返りを打たせたのです。

自力で動けない要介護者の場合、腕や足が重なったまま圧迫され続ければ、褥瘡《じょくそう》の原因になります。ですから、介護者が寝返りを打たせる場合にも、ただ寝転がすのではなく、必ず腕や足をきちんと配置し直さねばなりませんが、このベッドには、腕を挟み込んで固定するアームレストや、足の間にクッションを挟み込む仕組みなどがあるため、その心配はありません。

「すごい！　こんなん、絶対無理やと思ってた！」と思わず叫んだ私に、春山は「リモコンで動かすこともできるし、タイマー設定もできる。ベッドが動くスピードも変えられるんや」と得意げでした。

この寝返りベッドとディプスリーのおかげで、私はこれまでの眠れない生活からようやく完全に解放されたのでした。春山には、ずっと私に対して申し訳ないという気持ちがあったのでしょう。「絶対完成させてやる」と、あきらめずに取り組んでくれた夫に感謝の気持ちでいっぱいでした。

ただ、残念ながら、この寝返りベッドは三洋電機がパナソニックの子会社となったことで製造できなくなり、いまでは幻の商品となっています。

夫・春山からのプレゼント

私が春山からもらった大きなプレゼントは、モノではなく、人生における様々な気付きと、そこから生まれる無数の喜びでした。

本を読んで「自分の役割」について気付いたこともそうですし、介護の動きを茶道の所作と重ねる面白さや無の境地を知ったこともそう。若い頃は、到底そんな考えにたどり着くことはできなかったし、これも二人で日々を重ねてきたからこそのもの。経験して、体で感じて、頭で考えて、そうやって変化していく自分自身も面白いと思えました。

私の中では、苦労という感覚はあまりなく、とにかく目の前の山をどう登ろうかと考えてやってきただけ。それで頂上に到達すると、春山がまた違うことを始めたり、さらなる困難が待っていたり。でも、そのおかげで、自分自身が成長できた気がします。本当に人生って面白いものですよね。

人によって価値観は違いますから、こういう生活を面白いと思えるかどうかは人それぞれだと思います。けれど、私の場合は、こういうことがあるからこそ、いろんなことを感じ、多くの気付きを得ることができ、〃私自身〃を深めていくことができたのではないかと思うのです。

振り返れば、ひとつひとつの出来事が、自分にとって大切なポイント。経験してこそわかるものがあるんです。進行性筋ジストロフィーの男性と結婚することを選んだ時点から、明らかに普通とは違う人生を選んだ。そして、普通に生活している人と比べたら、忙しくたいへんな日々ではあったかもしれません。

けれど、それらをすべて経験することで、いろいろなことを理解できて自分自身も大きく変わった。困難ではあっても、その分何かを達成したときの喜びは大きいんです。そして、またたいへんなことが起きても、その喜びへの大きな期待感を持つようになる。その繰り返しでした。

そうして、いろいろな、本当にいろいろな困難を乗り越えてきたからこそ、たくさんのことに気付く喜び、困難を乗り越える喜び、そして、自分自身が成長していく喜びを感じることができたのではないかと思います。

主人とは「いろいろあるけど、生きてるって面白いよね」とよく話していました。はじめから道ができていたら面白くない。手探りでも、自分で道をつくりながら生きていくから面白い。私たちは、お手本も何もないところからスタートしました。でも、だからこそ、二人でこの人生をつくりあげてきたという感覚が大きくありました。あれも、それも、これも、すごくいろんなことがあったけれど、そのすべてがあってこそ、いまがあると思えます。

春山が亡くなる少し前のこと。このときは、まだ亡くなるなんて思っていなかったんですが、「来世、もし元気やったらまた結婚してあげるからね」と私は言いました。主人は何にも言わず、ただ〝にたーっ〟と笑っていました。

私は、春山と結婚して後悔したことは一度もありません。この人と一緒にいたい。だから、二人で生きていくことを選んだ。そして、力いっぱい一緒に生きてきましたから。

夫からのプレゼントは、もらえると思っていたわけではなく、あくまで結果です。

だから、もし困難な状況にいて苦しんでいる方がいるなら、「いまやっていることには、きっと意味がある」と思ってほしいのです。

同じ時間を過ごしていても、つらいつらいと言いながら嫌々やっていれば、それは自分にとって、本当につらいだけの意味のない時間になってしまうでしょう。けれど、立ち止まらず、前を向いて進めば、必ず何かにつながる。そして、大切な人と人生を一緒につくっていき、自分自身が成長を重ねていくための時間なのだと思えば、きっと気持ちもラクになると思います。

第七章　「五五歳で引退」から一転。父と息子の次なる一歩

「親父からビジネスを学びたい」

春山は、子どもたちが幼い頃から「やりたいことは何でもやってみい。けれど、自分の決めたことに言い訳はするな」という教育方針を貫いていました。二人の息子が少年時代にサッカークラブに入りたいと言ったときも、留学したいと言ったときにも、やってみたいということはとにかくやらせ、自分で判断して、自分の道を探してほしいと考えていたようです。

長男の哲朗が高校卒業と同時にハワイ留学を選んだのは、そもそもは「父・春山満」という大きな存在から離れ、「春山　満の息子」と見なされることや、その先に続

く決まりきった人生から逃げたいという気持ちがあったのだそうです。私たちは毎月、ギリギリの生活費のみを仕送りしていたので、なかなか苦しい生活だったようです。時折、「教科書代が足りない」と無心をしてくることもありましたし、「インスタントラーメンや食品を送ってほしい」と言われることもありました。

親元を離れた自由な生活の中、哲朗は楽しさと同時に苦労も味わったことで、「何をするにも、それは自分で決めた自分の道なのだ」と実感し、父の教えの意味が少しずつわかるようになっていったそうです。

現地でリゾートホテル経営に興味を持った哲朗は、二年半のハワイでの留学の後、ラスベガスの大学で学ぶ道を自分で選びました。海外で視野を広げた長男の決意に、春山も私も「ハワイに行かせて良かった」としみじみ思いました。

ところが、このラスベガス留学こそが、哲朗にある大きな決断をさせることとなったのです。

ある晩、哲朗から電話があり、「大学は辞めて、親父のもとで働きたい。親父からビジネスを学びたい。お母さんはどう思う?」と相談されました。私は、想像もしていなかった言葉に驚きましたが、何も理由は聞かずに「いいんちゃう？　お父さんに話してみたら？」と答えました。

春山がどんな反応をするかはわかりませんでしたが、本人がそうしたいということなら、周りがごちゃごちゃと言う必要はない。小さな頃から「すべて自分の意思で決めなさい」と言い続けてきましたし、自分が決めた選択なら、たとえ失敗してもそれは納得できます。ただ、「そのかわり責任は自分で取りなさい」とだけ、きっちりと伝えました。

この頃、春山と私は五三歳を迎えており、春山自身から「五五歳になったら会社を引退しようと思う」という話が出ていた時期でした。これまでハンディネットワークは、春山が一人でほとんどの稼ぎをあげてきました。

これからの病気の進行を考えた結果、「もしも自分が突然いなくなったとき、社員を路頭に迷わせるわけにはいかない」。そのため、会社を閉めるのか、社員に引き継ぐのか、その場合は誰に任せるのかなどを二人で話し合っていました。コンサルティングの仕事を少しずつ減らし、講演の仕事もできるだけ受けないようにし、仕事の整理を始めたのもちょうどこの頃でした。

そのときは自分たちは自分、子どもたちは子どもたち、子どもに会社を継がせるといった考えは二人ともまったくありませんでした。

そんな折、哲朗から「父にビジネスを学びたい」という電話があったわけです。きっかけは、留学先のラスベガスのカジノで見かけたある風景に強烈なインパクトを受けたから。高齢者施設の送迎バスから点滴の管をつけたまま降りてきた老人たちが、楽し気に笑いながらカジノにぞろぞろと入っていく様子を見たことで、「海外では高齢者も人生を謳歌している。こんな世界を日本にもつくりたい！」と感じたというのです。

「当たり前の常識を変えていくようなことをしてみたい。常識を打ち破るようなビジネスは、まさに親父がやっていることだ！」と気付いたのだそう。

父に残された時間はもうそれほど長くはない。それならいま、学ぶしかない。そう考えた哲朗は、叱られるのも覚悟のうえで電話をしてきたのでした。

五五歳で経営人生にひと区切りをつけようと思っていた春山は、それはもう喜びました。父親冥利に尽きると言わんばかりの様子で、「オレももうひと頑張りせなあかんな！」と。私もすごく嬉しかった。父と息子のイキイキとした様子に、「これからまた新しい何かが始まるんだ」とワクワクしました。

それから四年後、哲朗は春山の後を継ぐ決心をすることになりますが、この段階では、哲朗は「三年間で親父のビジネスを学び切って、自分で何かやってやろう」と決意していたのみで、春山自身も自分の会社を継がせることは考えていませんでした。生意気にも「三年で学び切る」と宣言した長男の成長ぶりを私たちはただただ嬉しく思い、「よっしゃ、やれるもんならやってみい」とばかりに受けて立ったのです。

次男の涙のバックパッカー事件

長男の成長を実感してから半年後、今度は、ハワイに留学していた次男の龍二が「日本の友人に会いたいから、次の一学期を丸ごと休学したい」と電話をかけてきました。海外の生活に少し疲れたのかもしれないと思い、まずは一度日本に帰国させることにしたのです。

帰国した龍二に、主人は、「時間があるなら、ヨーロッパを放浪して気分転換してこい」と勧めました。春山自身も若かりし頃にヨーロッパを放浪した経験がありますから、広い世界を見て歩くことが成長の糧になると実感していたのでしょう。長男の哲朗にもラスベガス留学当時にヨーロッパ放浪旅行をさせていたので、これはわが春山家の男子が二〇歳を越えたらくぐる「大人への登竜門」と言えそうです。龍二もこれには喜び勇んで「行く！」と答えました。

大きなリュックに服だの何だのを詰め込み、春山から渡された現地で生活できるだけの滞在費と『地球の歩き方』を持った次男は、イギリス、エジプト、フランス、イタリアを回るんだと言って、張り切って出かけていきました。

ところが、出発から五日目、夜中の一時に哲朗から電話があり、「龍二がマズいことになってる！」と言うんです。哲朗によれば、そのとき、龍二から「ロンドンで優しいおじさんに出会った。サッカーのチケットを安く売ってくれるって！」というウキウキしたメールが来たそうで、あわてて電話し、「騙されているからやめておけ」

と忠告してもまったく耳を貸さないのだと言います。

私も急いで龍二に電話してみたら、「すごく優しいおじさんだから大丈夫!」と言うんです。見ず知らずの人からそんな甘い話をされるなんて、どう見てもおかしいですし、ただでさえ日本と比べて治安の悪い海外でのこと。絶対に信用してはいけないと忠告しましたが、「いい人なんだから大丈夫だって!」の一点張り。龍二もやっぱり、言い出したら聞かないところは春山に似ています。

これは私では手に負えない。そう思い、主人を起こして事情を話し、電話で説得してもらいましたが、やっぱり聞かない。本当に大丈夫なのかとしばらく気を揉んでいたら、案の定。翌日、主人の携帯に「騙された」と泣きながら電話してきました。

ところが、話を聞けば、騙されたのは「優しいおじさん」にではなく、別のイタリア人にとのこと。「優しいおじさんとは、次に会う約束をして別れた」そうですが、その後、ロンドンの街を歩いていたら、若いイタリア人に声をかけられたのだそうです。その男性は、「財布を盗まれて、イタリアに帰ることができずに困っている。お金を貸してくれないか」と頼んできました。さらには「自分はフェラーリ社の会長の息子だ。君がイタリアに立ち寄った際には、すぐにお金を返す」と。そして、おもむろに〝父親〟に電話をかけ、龍二と会話をさせました。

もちろん龍二も、安易にそのまま信用したわけではなく、お金を渡すときにその場で本人の写真や免許証を携帯電話で撮影したうえで、連絡先の電話番号もきちんと確認したそうですが、翌日その番号に電話をしてみれば、まったくつながらない。携帯を調べたら、証拠となりそうな写真もいつの間にか消されていたのでした。

騙されたことに気付き、途方に暮れて電話口で泣く次男。主人は「わかった、わかった」と優しく声をかけた後、「それでおまえは、もう日本に帰りたいんか？　旅を続けたいんか？」と聞きました。そのとき、泣きながらも「続けたい」と答えた龍二に「やっぱり春山の子だわ」とホッとしました。

その後、主人は夜中であるにもかかわらず、航空券の手配を頼んだ旅行会社の担当の方の携帯に直接電話をかけ、現地に駐在している旅行会社の方にお金を立て替えて龍二本人に渡してもらえるようにお願いし、一件落着となりました。

春山もヨーロッパ滞在時に怖い目に遭ったことがあるようで、出発前に「いい格好をしていったら目をつけられるから、オレの古いダウンジャケットを着て行け」と忠告していましたが、龍二はそれも聞かなかった。日頃からおしゃれにこだわりのある次男は、買ったばかりのピカピカのダウンジャケットを着ていったのです。予想通りに目をつけられた次男に、二人して「ほんと、しようがないねえ」と苦笑しました。

とにかく、命さえ無事であれば、「世の中そんなに甘くない」と身をもって知ることは、きっといい経験になるはず。四〇日後、ちょっと逞しくなって帰国した次男を見て、やっぱり行かせて良かったと思いました。

そして、この経験のおかげなのか、龍二の気持ちはすっかり切り替わったようで、「やっぱりハワイ最高！」と言いながら、元気いっぱいで留学先に戻ることとなりました。「可愛い子には旅をさせろ」と言いますが、やっぱり、いろいろ自分で経験してこそ見えてくるものがあるはずです。

長男の逃亡

ハンディネットワークに哲朗が入社するとき、本人は「社長の息子であるという甘えは一切捨てよう」と決意していたようでした。春山自身も「会社ではあくまで一人の新入社員として扱い、甘やかすことは一切しない」と言っていました。

会社では社長と社員という関係を貫き、びしっとした態度で接していましたが、自宅に戻ればいつも通りの親子の関係。そばで見ていても、よくまああそこまで完全に切り替えられるものだと感心するほどでした。

春山は、最初は下っ端の仕事からやらせ、そこから少しずつ責任あることを任せていこうと考えていたようで、まさに雑巾がけからのスタート。そこには「社員のみんなから反発されることなく哲朗が受け入れられる環境をつくろう」という、経営者として、父としての考えがありました。哲朗は入社後、新入社員とまったく同じ扱いで、春山の鞄持ちから経験していくことになったのです。

すべては順調なように見えましたが、事件が起きたのは一年が経った頃のことでした。この頃、哲朗はアパートで一人暮らしをしていたのですが、ある日突然、無断欠勤をしたのです。

前夜には、哲朗の彼女と私たち夫婦の四人で鍋を囲み、若い二人の仲のいい様子に「幸せの絶頂やなあ」なんて思っていたほど。まさに青天の霹靂《へきれき》でした。何度携帯に電話しても出ず、アパートにもいない。車もない。これは一体どういうことかと思いました。

じつはその日の朝、私は嫌な夢を見て目が覚めたのです。それは、哲朗が森のような暗い場所に入っていき、いなくなってしまう夢でした。後で聞いたら、哲朗が家を出たのもちょうどその頃だったそうで、何らかの虫の知らせを母として感じていたのかもしれません。

私は、この出来事がとても偶然とは思えず、これは何かあったのかもしれないと一気に血の気が引きました。哲朗の彼女にも友人にも電話しましたが、誰も何も知らないと言います。春山に「警察に電話しよう」と言うと、「落ち着け、もうちょっとだけ待て」と言うので、そこからはじっと待ち続ける数時間を過ごしました。春山も、内心ではいろいろと思うところもあったでしょうに、顔には出さず、いつも通りに仕事を続けていました。

哲朗からようやく私の携帯に電話が入ったのは、午後三時過ぎでした。

「いま、若狭湾にいる」と押し殺したような声で言う哲朗。

「一体どうしたん？」

「オレ、あかんわ。すぐには帰られへん」

「ともかく、また電話してね」

それだけ話すと、哲朗はすぐに電話を切りました。何があったかを聞けるような雰囲気ではなく、深くは詮索しないほうがいいと思いました。とにかく無事が確認できたので、ホッとしました。春山も仕事が一段落した後、哲朗に電話をかけて「迎えに行こか」と言いましたが、「もう帰るかどうかわからんし、ほっといてくれや」と答えたそうです。

哲朗が戻ってきたのは、それから一週間後のこと。そのときは、むしろすっきりとした顔をしていたのを覚えています。このときも、私たちは「自分から話すまでは何も聞かないことにしよう」と決めました。ただ、会社に戻り、あらためてやっていきたいと話す哲朗に、春山は「それなら、まずはひと言、みんなに謝らなあかんで」とだけ言ったのでした。

それから半年後、社内の朝礼で行う社員スピーチで哲朗の順番が回ってきたとき、本人がこの顛末《てんまつ》についての話をしたことで真相がわかりました。

当時、哲朗は取引先に対しても、あくまで、いち社員としての姿勢を貫いていましたが、「何もわからん二世のボンボンのくせに」という目で見る人も多く、なかには「二代目が会社を潰すんやで」と直接嫌味を言ってくる人もいたそうです。春山という大きな存在を前に、「自分も完璧にやらねば」といつも気を張り続けていたという哲朗。しかし、社会人になったばかりでは、とても完璧になどやれるはずもなく、周囲からのそうした声は一向になくならない。どうすればいいのかと破裂しそうな気持ちを抱え込み、気付いたら高速に乗っていたということでした。

若狭の海を眺めた後、北に向かって移動しながら、哲朗はあらためて自分を見つめ直したようでした。

「そうや。オレは親父からビジネスを学びたいと思ってこの会社に入ったんや。周囲はいろいろ好き勝手なことを言う。けれど、自分がやりたくて選んだ道だから、いらんことを言う人なんて気にせんでいいんや！」

若いうちはいろいろなことがあるもの。けれど、自分の中でちゃんと納得して戻ってきてくれた。それならそれでいい。本人がいちばんわかっているのなら叱る必要もなく、ただ親としては受け入れ、見守るくらいしかできないのですから。

復帰後の哲朗は、それまでのように父のことを「春山が」「社長が」と呼ぶことはしなくなり、社外ではあえて「親父が」という言葉を使うようになりました。息子であることをフル活用していこうと開き直るその姿には、腹が据わった頼もしさが垣間見えて。こうして少しずつ成長していくんだと感じ、嬉しく思いました。

そしてもうひとつ。この事件の陰には嬉しいエピソードもありました。若狭の海を眺めていたあの日、電話もメールも黙殺していた哲朗が私に連絡をくれる気になったのは、彼女からの「お願いだから、お母さんにだけは連絡をして」というメールを見たからだそうです。パンクしそうになっていた長男の心を動かしたこの彼女・美智子さんは、いま、妻として、社長となった哲朗を支えてくれています。

念願のイタリア旅行へ

私には、三〇代の頃からずうっと言い続けてきた願いがありました。それは、「憧れのイタリアに行きたい」ということ。これまで春山と一緒に海外視察にはよく出かけましたが、残念ながらイタリアには一度も足を踏み入れたことはありませんでした。

そんな中、仕事の関係で東京とイタリアに事務所を構えている設計会社の社長が、「ぜひイタリアに来てください！　どこでもご案内しますから」と言ってくれたのです。五〇代後半のこの時期、仕事もかなり減らして落ち着いている状態でしたから、「仕事ばっかりして死んだらアホやで。いま行かないで、いつ行くの！」と春山をけしかけ、ついに念願を叶えることができました。

三〇代、四〇代を仕事と子育てに追われながら駆け抜けてきた私たち。五〇代になったいま、「これからはもっと一緒に遊びたい」。結婚当初から、「病状が進んでも変わることなく、旅行したり、楽しいことを一緒にやっていきたい」と言ってきましたが、ようやく、それができるようになったわけです。

当時、次男の龍二はハワイ留学中だったので、長男の哲朗と三人で一週間のイタリア旅行へ。現地では車椅子を収納できるワゴンタクシーをチャーターしてもらい、ローマを拠点に、トスカーナやミラノ、ベネチア、さらにスイスとの国境近くにあるカジノなどを見て回りました。

ベネチアでの移動手段は船が基本でしたが、車椅子に対応してくれる船をチャーターしてもらい、本当にラクに移動することができました。

それから二年間で、さらに二回、イタリアへ行きましたし、この間には、他にもいろいろなところへ家族旅行に出かけました。次男を訪ねてハワイに行くこともありましたし、韓国のカジノや、香港を経由してマカオのカジノなどにも家族で行きました。春山家の男たちは、「カジノに行く」と言うと、みんなついてくるんです。

息子たちが大人になってからの家族旅行では、役割分担が決まっていました。長男が春山を担ぎ、次男は車椅子を広げたり畳んだりする。完全にチームワークができていました。

前に書いたように、春山は二〇〇三年に寝返りを打たせるベッドを開発し自宅では使用していたわけですが、旅先にはそれがありません。それでも、息子たちと日替わり交代制で春山に寝返りをさせることで、私の睡眠時間もそれなりに確保できました。長男の哲朗は、ハンディネットワークに入社してから、他の社員と同様に春山の世話をしていたので、もう手慣れたもの。けれど、自宅や会社のようにバリアフリーの環境ではありませんでしたから、狭いスペースで父を抱きかかえて移動したり、車椅子を動かしたりすることには苦労していたようです。

「おふくろ、よくこんな生活を二〇年も続けてきたなあ。本当、すごいわ」と感心していました。

じつは春山の開発した寝返りベッド、ハワイで常宿にしていたホテルに置いてもらっていたこともありました。哲朗と龍二がハワイに留学していた頃には、年に一、二回、講演などでハワイ出張していたので、現地の知人に頼んでホテルの支配人に交渉してもらったのです。ベッドの部品を船便ですべて輸送しておき、その後出張で行った社員二名に現地で組み立てさせ、春山がハワイに行くときには必ず寝返りベッドの置いてある一室に泊まりました。ホテルの改装にともない、撤去していまはもうありませんが、寝心地の良さが評判だったそうです。

突然の顔面麻痺

三度目のイタリア旅行から帰国した一ヵ月後、これまで長いこと丈夫でやってきた私の体に異変が起きました。顔の左側だけが急に動かなくなり、顔面麻痺で緊急入院することになったのです。先生の話では、疲れやストレスで免疫力が低下したことが原因だろうとのことでした。いろいろな疲れが溜まっているところに、旅行から帰った後も、休む間もなく動き回っていたことが引き金になったのかもしれません。

入院して点滴を打ち体を休ませれば、一週間後には退院できるとの話でしたが、そんなに長く家を空けるのは出産以来。主人の世話は、哲朗と一緒に会社の人たちが交代でしてくれたものの、それでもやっぱり、家のことや会社のことが気になってしょうがない。一日三度の点滴の合間に病院を抜け出し、顔もゆがんだままの状態で会社と家と病院を行ったり来たりしていました。

息子たちも心配していましたが、特に春山にはかなり心配をかけてしまったようでした。退院後、いつもの日常にすぐ戻りましたけれど、じつはもう一度、イタリアに行く予定だったんです。目的地は、主人も大好きだった映画『ゴッドファーザー』の舞台・シチリア島。けれど、私の体調に加え、主人の体の調子もあまり良くなかったこともあり、結局あきらめることになりました。

結婚前のあの頃のように楽しく遊んだこの時期、春山がいちばん行きたがっていたのはシチリア島のコルレオーネ村でした。けれど、その念願を叶えることはついにできなかったのです。

第八章　春山が私たちにくれたもの

お願いだからホームドクターを

　春山が五八歳になる頃、風邪を引いて高熱を出したことがありました。痰がからんでも、自分で咳をして出すことができず、私にできるのはノドが詰まって苦しむその背中を叩いたり、さすったりし続けるだけ。免疫力が落ちたのではなく、吐き出すための体の機能そのものが落ちているようで、私たちのように咳をして痰を吐き出すこともできないのです。

　これまでにない症状が心配で、どうにかして病院に連れて行きたいと思い説得しても、主人は頑なに「病院には行かかん」と言い続けるばかりでした。

そこで私が思いついたのは、私の父が九〇歳で大往生した際、ホームドクターに看取ってもらったことでした。もともとは、春山に「ホームドクターを付けたほうがいい」と勧められたことがきっかけでしたから、これなら本人も納得するだろうと思ったのです。

さっそく、「いい先生を見つけ、ホームドクターとしていつでも来てもらえるようにお願いしよう」と言いましたが、主人は「そうやなあ」と言ってはぐらかすだけ。

そして、また風邪を引いて咳込めば、苦しそうに痰を詰まらせるのです。詰まった痰を外に出すには、体を前に倒して押さえつけ、三〇分くらい背中を叩き続けねばなりませんし、一度出せても、また痰が詰まる可能性があります。だからいつも、「呼吸ができなくなったらどうしよう」という怖さを感じ続けていました。

吸引器を試したこともありました。けれど操作が難しく、血の混じった痰が出てきてしまい、それを見た私はますます怖くなる一方。主人もよほど痛かったのでしょう。「もうええ！」と怒ってしまい、吸引器を使うことは二度とありませんでした。

それからは、春山が風邪気味になるたびに、昼も夜も眠るのが怖くて、丸二日間眠らずにそばについていたこともありました。風邪を引いた翌日に講演をしなくてはならない日もあり、「九〇分間の講演中に痰がからむのではないか」と本人も内心不安を抱えていたようです。

そんな状態でも、聴衆には体調の悪さを感じさせず、プロフェッショナルに徹する春山に感心しましたが、講演後には汗びっしょりになっていて、どれだけ体に負担がかかっているのかと、また心配になる日々でした。

頑なに病院を拒否し続ける春山を変化させたのは、昼も夜もろくに眠れず心配し続ける私を見かねた長男のひと言でした。

「親父、ええ加減にせなあかんで。自分が医者嫌いなのはええけど、家族みんなに迷惑かけてるんや」

二人きりのとき、息子からズバリと言われたそのひと言に、春山は黙り込んでしまったそうです。

それからほどなくして、突然、春山が「知っている先生がいるから、一度来てもらう」と自ら言い出したのです。以前に、たまたま春山の講演会に、その先生と奥様が参加されていて、講演終了後に挨拶に来てくれたことが出会いのきっかけだったそうです。春山自身も、自分の頭の中で今後どうすべきかを考えてはいたけれど、「まだいまはいい」と思い続けていたのでしょう。

そして、往診に来られたホームドクターの田村 学先生は、物腰の柔らかい穏やかな印象でした。年齢は、春山よりも少し下のようでしたが、高齢者や末期がんの患者さんに対する自宅での看取りも行っているとのこと。「無理に治療するのではなく、穏やかに苦しみなく命を終える医療で、人の尊厳を守りたい」と考えている方でした。春山の終末医療に対する考え方もまさにそれで、信頼できると感じたようです。

以来、毎月一、二度の往診のたびに、診察の後、春山は田村先生と一時間くらい話し込んでいました。先生は「春山さんには毎回、医療の現場に求められる様々なことを教えてもらっています」と言われていましたし、自分が教えている医学生を勉強のためにと連れて来られることもしばしばでした。

春山にとって、心から共感できる先生と出会えたことは本当に幸運だったと思います し、何より、「万が一のことがあれば夜中でもいつでも駆けつけます」と言ってくだささる先生のおかげで、私たち家族はようやく安心して眠れるようになりました。

次男の帰国

二〇一二年の秋、私たち家族はハワイの取引先との会議のために現地に向かい、留学中の次男・龍二と久々の再会を果たしました。哲朗は留学時代の友人に会いに行くと言うので、親子三人、昼下がりのカフェでのんびりとお茶をすることになりました。

主人と龍二は、いつになく仕事や将来について話し込んでいる様子でしたから、私は「親子というより、これは男同士の話やな」と思い、あえて聞きませんでした。帰る道すがらに、春山は「こんなに龍二と深く話ができたのははじめてや。ちゃんと話せて良かったなあ」と、しみじみ語っていました。

それから一ヵ月後、龍二から私に電話があり、哲朗のときと同じくまたも突然、「卒業を待たず、日本に帰って仕事がしたいと思う」と言うのです。父親に相談したいというので、電話を代わったところ、「うん、うん、そうか。それはいいことや」と答える声に父親らしい優しさが滲《にじ》んでいました。

どこの家庭の父親も同じだと思いますが、春山は、上の子には厳しいけれど、下の子には甘く、好きなようにさせるところがあり、哲朗はよく「龍二には甘いんだから！」と言っていましたね。

話をした秋の時点で、龍二の中では「これ以上、ハワイにいても自分が学ぶべきことはない。それなら、すぐにでも日本に戻って仕事をし、父にいろんなことを教えてもらいたい」という気持ちが固まっていたようです。主人もまた、自分自身がいつまでビジネスの現場にいられるかはわからないと感じていたようで、「龍二が帰ってきたら、あいつにも自らいろいろ教えてやりたい。それなら早いほうがいい」と考えていたようでした。

私も、長男のときと同じく、次男が大学を卒業するかどうかには一切こだわりはありませんでしたし、「二〇代で自分の方向性なんてなかなか決まれへん。いろいろ経験しながら道を探せばいい」と思っていたので、次男の決断をただ受け入れようと思いました。

春山はこの時点で、ハンディネットワークには龍二を入社させないと決めていました。「兄弟で同じ会社にいるのは良くない。男同士はぶつかるものだから、別々の道を歩ませたい」と考えていたのです。大学では観光ビジネスを学んでいたけれど、広告関係の仕事に興味を持ち、将来的には自分の力でやっていきたいという龍二。春山は、「それなら大きな会社より小さな会社に入って、仕事の全体像を学ぶべきだ」と考え、広告会社を営んでいる高校時代の友人のもとで修業させることにしたのです。

二〇一三年三月、春山は帰国した次男に二つのことを言い渡しました。

「働く以上はアパートを借りて自立しろ」

「オレの友人の会社で、鞄持ちから始めろ。社長が取引先で怒られ、頭を下げるところも見て、経営の厳しさを勉強してこい」

次男に甘いはずの父も、いよいよ一人の男として龍二を認めたのでしょう。龍二もしっかり受け止めて神妙に聞き、「はい」と頷きました。

この後、ハンディネットワークで二週間の研修を受けさせ、龍二にビジネスマナーの基本を叩き込んでから、友人の会社へと送り出しました。アパート住まいをしながらも、月に二度は実家に顔を出していましたが、「いま、こんな仕事をしてるで」と父に報告する龍二の顔はイキイキと輝いていました。

また、春山はこの時期から二週間に一度、龍二の質問に二時間答え続ける「龍塾」をスタートさせました。仕事の考え方や経営者としての哲学など、様々な質問をする龍二に、「いや、面白いわ。いろんな質問が出てくるんや」と春山も何やら楽し気な様子でした。

哲朗と龍二。二人の息子たちは、ちゃんと父の背中を見て育ち、父からビジネスを学びたいと言ってくれました。予想もしていなかったこの出来事に、「子どもたちに何もしてやれていないと思うこともあったけれど、二人で頑張ってきたことは間違いじゃなかったんだ」と、あらためて喜びを実感したのでした。

「結婚するわ」

春山家の転機は、立て続けに訪れました。次男が戻ってくると決まったすぐ後、今度は長男が「結婚するわ」と言い出したのです。お相手はもちろん、長くお付き合いを続けてきた彼女・美智子さんでした。

ハワイ留学時に知り合い、日本に戻ってから哲朗と付き合い始めた彼女は、わが家にもよく遊びに来てくれて、私ははじめて会ったときから「ノリのいい面白い子やな」と好感を抱いていました。

ただ、哲朗は三〇歳までは結婚しないと宣言していたので、正直、驚きましたし、二人が八年間付き合う中で、別れるの別れないのと、しょっちゅうやっているのを見ていたので、「本当に結婚するの？」と半信半疑。このあたり、うちの実家の家族の反応に似ています（笑）。

哲朗いわく、「お互いのいいところも悪いところもすべて見てきたから、それも全部受け入れたうえで一緒にいられる」。けれど、何を思ったのか、彼女がお風呂掃除をしているときに指輪の箱をパカッと開けてプロポーズしたそうで、彼女は驚きのあまり、ツルッと滑って転び、「こんなんプロポーズとは認めへん」と答えたそうです。何でもお笑いになってしまうのは、春山家のお家芸かもしれません。

主人はそんな哲朗の話に「そうか」とだけ答え、私と二人きりになったとき、「本人たちが決めたことなら、いいんと違うか」と言いました。いろいろあっても、支えてくれる人がいれば安心できる。そんな想いがあったのかもしれません。

私もまた、「決めたんなら、ともかく早くしい」と言いました。それからはトントン拍子に話が進んでいきました。

両家のはじめての顔合わせは、それから四ヵ月後。春山の体調が悪かったので、事情を話して自宅の隣のサロンに来てもらい、家族そろって食事をしました。春山の病気については、話すまでもありませんでした。なぜなら、美智子さんのお母さんはもとから春山の大ファンだったそうですから。私の両親のように商売をされている気さくなご夫婦で、会話も弾み、楽しい会食になりました。

結婚式は大阪のホテルで大広間を借り、親しくお付き合いしている会社の取引先も呼んで行うことになりました。哲朗は、「息子としていままで育ててくれた感謝の気持ちを伝えたい」と、かなりしっかり準備を進めていたようです。

主人は龍二と「新郎の父の挨拶で、何か面白いことやったろう」と企み、二人でお笑い芸人のようなコントのリハーサルを始めていましたが、長男の一生の記念にそんなことをさせるわけにはいきません。

「しようもないギャグはやめなさい！　せっかくのお式、茶化さないでちゃんとやりなさい！」

私が一喝したことで、二人は渋々あきらめたようです。ふだんは何もうるさいことは言わない私ですが、締めるところはきちんと締める。春山の暴走に、いざブレーキをかけられるのは私だけですから(笑)。

感動の結婚式

哲朗の結婚式は、猛暑の八月に執り行われました。前日の天気予報では、台風襲来の影響で雨になるとのことでしたが、式の最中だけ、なぜかきれいに晴れてくれました。もともと春山は、不思議なくらい晴れ男で、デートでも仕事でも旅行でも、いつだってどんなに雨が降っていても、いざ外に出る瞬間には必ず晴れるんです。この日も、式が終わった後に雨が降り出していましたから、晴れ男としての本領を存分に発揮してくれたようでした。

私は留袖、春山はモーニングを着用しての参列です。自分の結婚式ですら黒のスーツですませた春山は「モーニングなんて着るか！　黒のスーツでええわ」とギリギリまで抵抗していました。慣れないホテルの会場で着替えねばならない大変さも嫌だったでしょうし、照れくささもあったようです。

けれど、美智子さんのお父さんまでもが「それなら自分もスーツにします」と言うので、それはさすがにいけないと、前日までにモーニングを届けてくれる貸衣装屋を探し、「明日の式の前に家で着せるから、これで行きなさい！」ときっぱり。断固たる私の態度に、いつもは頑固な春山も観念し、袖を通すことになりました。

また、呼吸がつらかったため、座りっぱなしの式に耐えられるよう、着物のだて締めを腰痛ベルトのように巻きつけたのですが、朱色のだて締めを巻くその姿が面白くて思わず笑ってしまう私。春山も「笑うな」と言いながら、自分でも吹き出していました。

式場には多くの人たちが集まり、「００７」のテーマ曲に乗って新郎新婦が登場したときにはワッと盛り上がりました。プロモーションビデオのように撮影した自分たちのなれそめを伝える映像を流したり、楽しい企画もてんこ盛り。

体調が悪かった春山は、豪華な食事にもほとんど手をつけませんでした。車椅子にずっと座り続けているだけでもつらかったと思いますが、参加してくださったみなさんが順繰りに挨拶に来られる中、にこにこと笑顔を絶やさずお礼を言い続け、つらそうな顔を一切見せませんでした。

最後の新郎の父によるスピーチも、しっかり笑いを取った後、美智子さんに「哲朗がどんな道を進むかはわからんけれど、こいつのことをしっかり見ていてやってほしい」と、父としてのメッセージを伝えたのです。

式の最後には、春山も涙ぐんでいましたし、私も感動してたくさん泣きました。そして、最後の最後には、花束を渡してくれた哲朗が、感謝を込めて私を抱きしめてくれたのです。巣立つ息子のぬくもりに、「いつまでも離したくない。もうちょっとこのままでいてほしい」という想いを味わっていました。

式を終えて家路につく私たちは、「いい式やったなあ」「本当に良かったねえ」と、息子が新たな人生のスタートを切れたことにホッとしながら幸せを感じたのでした。

夫の体力が、目の前で低下していく

春山の体力が目に見えて衰えていったのは、哲朗の結婚式と時期を同じくした二〇一三年の夏頃からでした。ホームドクターの田村先生の話では、「筋肉の衰えが内臓にまで来ている」とのことで、呼吸することさえも次第につらそうになっていく毎日。起きていても眠っていてもまるで山登りをしているかのように、いつもハアハアと弱くて早い呼吸をし、汗をかき続けている状態で、見ているこちらもつらくなるほど。

以前から田村先生に在宅酸素療法を勧められていたので、見かねた私が、「あんまり苦しいときは、酸素の器具を着けてみたら？」と勧めると、最初は嫌がったものの、結局、眠るときだけは着けてもいいと決めたようでした。

また、以前の春山は、私よりもちょっと少食くらいで、肉も魚も普通に食べていたのに、どんどん食が細くなり、魚と野菜、せいぜい鶏肉を食べる程度になっていきました。のどにつまったものを吐き出す機能が落ちていたため、ご飯粒が気管に入って咳込むことが増えてからは、ご飯を食べることが怖くなってしまったようで、パンばかり食べるようになりました。

夕食はあまり食べず、晩酌のビールを飲んでほんの少しだけおつまみを食べたらすぐにベッドに入ります。それからひと眠りし、目が覚めた夜中の零時くらいにベッドでホットドッグやサンドイッチを食べる。そんな生活が始まりました。

冬を迎える頃には、眠っているときにも異常に汗をかくようになり、「この寒さなのに、こんなにたくさんの汗をかくのか」と驚きながら、夜中に何度も顔を拭きました。

暮れになる頃には、食事をほとんど取らなくなり、晩酌のビールとつまみですませるだけ。ビールが大好きな主人は、年齢を重ねてからも必ず大瓶一本は飲んでいましたが、その頃には小瓶を飲むのが精一杯になっていました。

「食べないと死んでしまうから、食べて！」と私が言っても、「食べるのがしんどいんや。もう横になりたい」と言う主人。時折、「飲み込むのがこわいんや」と本音を呟く春山を前に、私はどうすることもできないまま、やがて来るであろう〝そのとき〟が近づく気配を、凍えるような思いで感じていたのでした。

長男と私、二人で手がけた商品に太鼓判

春山は体調が悪化していく中、長男の哲朗にはじめて大きなプロジェクトを任せました。それは、施設向けに開発した、座りっぱなしの苦痛を軽減するための椅子・ポスチャーサポートチェアの開発。一般向けのラインナップとして、すでにリニューアルしていましたが、これを六〇代以上の女性向けにバージョンアップさせようという

プロジェクトでした。

哲朗は椅子の座面に使う生地の値段交渉の担当を任され、私が生地選びをしてサポートする。そんな役割分担で、いかに価格を抑えて高級感あるものに仕上げるかを目指しました。私にとっても、息子と二人で開発に取り組むのははじめてのこと。春山の厳しい目を納得させるだけのものをつくらねばと、いろんな生地見本を取り寄せ、二人でチェックしては、「これ、素敵だわ」「だけど、高過ぎる！」と、値段との兼ね合いに四苦八苦する日々。それでも、ようやく「これだ」と納得できる生地を見つけたのです。

私と哲朗は、三パターンの生地で、選べるラインナップにしようと考えました。在庫を抱える可能性があるため、経験上できるだけパターンを絞らねばならないことは知っていましたが、それでも「お客さま目線を大切にするなら、選んでもらえるほうがきっといいはずだし、何より、ターゲットはインテリアにも関心の高い女性だ」と考え、あえて提案してみることにしたんです。

哲朗は、家具メーカーとも粘り強く交渉を重ね、想定よりもぐっと値段を下げてもらうことに成功。春山はその報告を受けたとき、「おまえ、オレよりもエグい交渉するなあ」と感心していました。三パターンの商品ラインナップにも最初は反対していましたが、実際に出来上がった椅子を見たら「ええなあ」と言ってくれたのです。

社長引退を目前とする父は、いよいよ一人前のビジネスマンとなった息子に太鼓判を押しました。春山はこれによって、次の世代に見えないたすきを渡したのかもしれません。哲朗は後々で、「親父は亡くなる前に、オレにやるべきことをちゃんと教えてくれたんやな」とぽつりと呟いたのでした。

還暦を迎える

二〇一四年二月一三日、春山は無事に還暦を迎えることができました。このとき、主人は私の目をじっと見つめながら「六〇まで生きられたなあ」と嬉しそうに言いました。そのときのはにかんだ表情が、いまでも忘れられません。

還暦を迎えることは主人にとってひとつの目標でした。結婚当初はこんなにも長く一緒にいられるとはお互いに思っていませんでしたし、子どもたちが生まれた後も、「せめてあいつらが成人するまで生きていたい」と言っていたくらいですから。一月の時点で、排便するための筋肉まで弱ってしまい、本人が「いよいよ来たかな」と呟いていたので、もしかしたら自分でも還暦までたどり着ける自信がなかったのかもしれません。

哲朗夫婦からのお祝いはクッションでした。当時、開発中の商品に使うことを予定していたワイン色の生地を使って何かをつくろうと考えたらしく、春山にとって必需品であった腕を載せるクッションに決めたようです。赤いちゃんちゃんこに見立て、ワイン色の生地を使うというのもグッドアイデアでした。

とはいえ、それを思いついたのは誕生日直前。いきなり哲朗から電話があり、「おふくろ、クッションカバー縫ってくれ」と言うので、ミシンの得意な実家の母に協力してもらい、サンプルの生地を使ってギリギリ間に合わせたのです。

家族みんなに囲まれ、ひざの上にこのクッションを置いた春山は本当に嬉しそうでした。もちろん、かかった費用がファスナー代だけだったということは本人には内緒にしておきました（笑）。

私からのプレゼントは、ランバンのブレザータイプのカーディガン。主人は「洒落てるなあ」と目を細めて喜んでくれました。けれど、眺めるだけで、結局、袖は通さずじまいになってしまいました。

この夜、お祝いの食事として鍋を用意しましたが、春山はほとんど口にすることはできませんでした。楽しい席とは裏腹に、家族の中には小さな不安が澱《おり》のように残ったのです。

春山自身も自分の生命があとどれくらいなのかをわかっていたのでしょう。還暦を迎える少し前、万が一の急変に備え、弁護士とホームドクターの田村先生を同席させたうえで、リビングウィルを残していたのです。自分で字を書くこともできない春山はその肉声を録音する形で、突然の事態に陥ったら田村先生をすぐに呼ぶこと、延命措置は絶対に取らないこと等々、死に直面したときに自分の尊厳を守りたい意思を伝えました。

最期までやり続けたプロの仕事

二〇一一年四月から二〇一四年二月に倒れる直前まで、春山はＭＢＳラジオで「春山満の〝若者よ、だまされるな！〟」という番組のパーソナリティの仕事をずっと続けていました。哲朗が企画を持ち込んで実現させた番組で、経営者・春山満からいつも自分が教えてもらっている生き抜くための考え方やメッセージを、同じ若い世代に届けたいと考えてのことだったようです。

春山本人も「若い人に元気の出るメッセージを送りたい」という想いを持って常にパワフルに取り組み、一五四回の放送を行いました。収録の当日、どんなに体調が悪くても、番組が始まるとさっと切り替えていたので、見上げたプロ意識だったと思います。

難病にもめげずに三〇代前半で福祉のデパート、ハンディ・コープを起ち上げ、三〇代後半にはハンディネットワークを設立し、介護を少しでも快適にするためにいろんな商品の開発に奔走し続けた春山。五〇代を過ぎると、社員や息子たちをビジネスマンとしてしっかりと育て上げることに尽力するようになり、彼らを陰でサポートし続けた春山。商品開発のみならず、介護・医療におけるサービスのあり方も追求し、オリックス不動産と共同出資でオリックス・リビングという会社を設立する形で快適なサービスにこだわった高齢者住宅の開設にも漕ぎ着けました。

春山の中では、若い世代を育成することが自分の役割なのだと思っていたのでしょう。番組スタート時には、「ようし、一〇〇〇回までやってやるぞ！」と気炎を上げたものでしたが、その想いを遂げることはできませんでした。この後、番組のパーソナリティを哲朗が引き継ぎ、「二〇年間放送し続けて、一〇〇〇回達成してやる」と言っています（番組名は「春山満流・生き抜くヒント　失くしたものを数えるな！　大丈夫や～!!」に変更）。

最後の収録となったあの日、いつも通り、自宅の隣のサロンで午後三時から五時まで収録を行いました。同行していた哲朗の話では、しんどそうではあったものの、その時点ではいつものプロの仕事ぶりだったそうです。後でそのときの収録を聞きましたが、やっぱりいつもと変わらない話しぶりでした。

ただ、いつも収録後の雑談も楽しみにしていた春山が、この日に限っては「今日はちゃちゃっとやって終わろうか」と言ったので、少し訝《いぶか》しく思ったと言うのです。自分の体に異変が起きていることに気付いていたのかもしれません。

亡くなる直前の最後の最後まで、仕事は完璧にやりきり、プロに徹した春山。本人にとって、それは幸せなことだったと思いますし、私自身も、春山が何かをやり続けていく姿を見ることが喜びでしたから、それを最後までやり抜いたあの人を誇りに思っています。

突然の異変

春山に異変があったのは、金曜午後に行われたラジオ番組の収録直後。自宅に戻ってからのことでした。哲朗と仕事の打ち合わせを終え、私と二人きりになってしばらくした後、一度話したことについて、「さっきの話、もう一度言ってくれ」と言います。私が言っていることがわかっていない様子で、「これはおかしい」と思い、私は春山に気付かれないように別室に行って、哲朗に電話をしました。

哲朗はいったん事務所にもどって仕事をしていましたが、携帯が鳴り、出てみればいつもと違う私の様子に驚いたようでした。

「お父さんの様子がおかしいから、戻ってきてくれへん？」

動揺しながらも平静を装ってはいましたが、哲朗も瞬時に緊急事態であることを察したようでした。

「わかった。すぐ戻る」との言葉に電話を切った後、私は再び春山に声をかけ続けましたが、返事もなく、ぐったりとしたまま。その日の朝も春山はしんどそうにはしていましたけれど、まさかその日のうちに意識を失うなんて思ってもいなかった。

私はもう一度哲朗に電話して「早く来てー！」と呼びました。その後田村先生にも電話して容態を説明し、すぐ来ていただくよう頼みました。

一体何が起きているのか。覚悟はしていたけれど、あまりに突然のことで、激しく動揺するばかりの私。哲朗もまた、思いも寄らぬ突然の事態に動揺を隠せぬまま、

「親父、頼む。オレが着くまで生きていてくれ」とただただ念じながら車を飛ばしていたそうです。

哲朗が自宅に戻ってきたときも、私は「どうしたの？　ねえ？　どうしたの！　しっかりして！」と主人の顔を両手で挟んだまま、声をかけ続けていました。ほどなくして先生も到着し、「意識を失っているのは、脳卒中を起こしている可能性がある」と言うのです。脳卒中は時間との勝負。早く処置すればするほど、脳の損傷を抑えられます。延命措置は拒否していた春山ですが、脳卒中が原因であればまた話が違います。動転する私に、哲朗が「病院に行こう」と力強く言ったことで、救急車を呼んで病院に搬送してもらおうと決意しました。

病院に到着後、「意識を取り戻すためだから」と言われ、春山が断固拒否していた人工呼吸器を着けてもらうことになりました。その日は、明け方近くまで病院で過ごした後、私たち家族は一時、自宅に帰り、眠れぬ夜を過ごしたのです。

朝になり病院の受付が開くと同時に、ＩＣＵにいる春山のもとに家族みんなで駆けつけました。病室に着くと、春山の意識は戻っている状態で、ホッと胸を撫で下ろしました。聞けば、私たちが帰った直後に目を覚ましたというのです。

瀕死の状態にもかかわらず、大嫌いな病院で人工呼吸器を着けられていることに気付いた春山は目を通じて無茶苦茶怒っていました。

私は「ごめんね、ごめんね」と春山の手を撫でましたが、本人は「早《はよ》う、取れ！」と言いたいのか、口をモゴモゴさせるので、機械がピーピーと音を立てていました。田村先生から「脳卒中の可能性があったから病院に運びました」と聞いて、ようやくおとなしくなりました。

意識が戻ったその日の昼頃、人工呼吸器を抜管《ばっかん》してもらったものの、弱い呼吸を続けるばかり。体が冷えていたようで、小さな声で「手や足をさすってほしい」と言うのです。そのつらさを少しでも軽くしてあげたくて、私と哲朗夫婦、龍二の四人は、交代で手足を揉んだり、首から肩にかけてさすり続けました。呼吸は弱くても、春山は子どもたちに何度も「サンキュー」と声をかけるほど、はっきりと意識を保ち続けていたのです。こうしてＩＣＵでの九時間が過ぎていきました。

やがて春山は、肩をさする私に「気持ちいい。ありがとう、由子」と囁くように言い、そのまま眠りにつきました。私はその言葉に心から安堵しました。

なぜなら主人は、いつも私に何かをしてほしいときに、「由子」と言います。そして、何かをしてあげるといつも「サンキュー」「ありがとう」と言うのです。

いつものように、いつもの言葉をかけてくれた主人。それは私たちのいつもの日常なのです。「ああ、また戻れる。いつもの毎日が戻ってくるんだ」と。

春山が目を覚ますまでそばにいたかったけれど、病院の先生に「このまま朝まで眠るでしょう。とりあえず自宅で待機してください」と言われ、私は「目が覚めたら連絡ください」と言って、仕方なく家に戻りました。

この晩、私たちは家族みんなで今後に向けた作戦会議を開きました。このまま病院で治療を続けていくべきか、それとも、春山の希望通りに自宅に戻るべきなのか。家族としては少しでも長く生きてほしい。けれど、春山の気持ちを考えたら本当にそれでいいのかと。難しい選択を迫られ、それぞれに思うところはあったでしょう。それでも、みんなの考えを聞くと、「本人の意思を尊重し、容態が落ち着き次第、家に連れ帰って自宅療養をさせてあげたい」という結論に達したのです。

目まぐるしい気持ちの変化に襲われ、ほとんど眠ることもできないまま過ごした一日。誰もが疲れ切り、重苦しい空気に包まれていました。私はそれを断ち切るように、子どもたちをそれぞれの家に帰して休ませることにしました。

それからしばらくして病院から春山が目覚めたことを知らせる電話が入ったのです。私は哲朗と龍二、田村先生に電話をかけた後、病院に向かいました。

家族の選択

病室に到着すると、薄く目を開いた春山を医師たちが囲んでいました。

「このままだと急変して呼吸が止まる可能性もあります」との言葉に、それほどまでに差し迫った容態なのかとショックを受ける私たち。それは、「自宅に連れて帰る決断をするのなら、いましかないのだ」という事実をあらためて突きつけられた瞬間でした。

つい先ほどの家族会議で今後について話し合っていたものの、自宅に戻ってしまえばもう何か起きても対応してもらうことはできない。ホームドクターの田村先生が「延命措置は取らない」という春山のリビングウィルについて説明する声が遠くで聞こえる中、私は再び「本当にそれでいいのか」と苦しみました。それでも、哲朗と龍二の目を見ると、悩み苦しみながらも想いは同じなのだとわかり、心を決めたのです。

「このまま連れて帰ります」と。

私たちは介護タクシーを呼んで春山を乗せ、ホームドクターとともに急いで自宅へと向かいました。「頑張って！」「もうすぐ家に着くよ！」と、春山を励ましながら。自宅の前に到着し、息子二人が担架で春山を運び込むと、その瞬間、春山の目と口がガッと開きました。見慣れた風景に、我が家へと戻ってきたことを理解したらしく、「ようやった。よう連れ帰ってくれた」と言いたかったようでした。家族で声をかけ続ける中、親族たちもみんな駆けつけてくれて、春山を囲む人の輪は次第に大きくなっていきました。

私は春山の耳元で、ずっと「ありがとう。楽しかったよ。本当にありがとう」と話しかけていました。会話ができなくても耳は最期まで聞こえているそうなので、途切れることなく、主人に想いを伝え続けたかったのです。

そのとき、春山の唇が小さく動きました。

「ゆ・う・こ」

声にはならなくても、いつものように私の名前を呼んでくれた。これが春山の最期の言葉となりました。これまで二人三脚で一緒に生きてきた私に、最後の最後にもう一度、「ありがとう」と伝えてくれようとしたのかもしれません。

春山の体は死期を目の前に熱を帯び、最後の力を振り絞るように異常なまでに汗をかいていました。涙もろい哲朗はその汗を拭きながら、「おやじ、ありがとう」と泣き続けています。それまで泣くまいとこらえていた龍二も、「おやじ、ありがとう」と押し殺したように呟くと、堰《せき》を切ったように泣き出しました。

二〇一四年二月二三日、春山 満は静かに息を引き取りました。

春山が残してくれたもの

私が泣くことができたのは、春山が息を引き取った後のことです。みんなが席を外してくれたわずかな間、涙は自然と溢れ出し、止まることはありませんでした。このとき、私は生前にも伝えていた言葉をもう一度伝えることにしました。

「来世も元気だったら一緒になろうね」

穏やかな表情で逝った春山。私たちは、病院や機械に頼らず、死期を早める選択をしたけれど、それでもやれる限りはやった。後悔はありませんでした。

春山の希望通り、通夜と告別式は親族など身近な者だけで執り行うことにし、哲朗が社葬の手配を進めました。春山は死の二ヵ月前、哲朗に「万一のことがあるかもしれんから、社葬について勉強しとけよ。ついでに葬儀ビジネスも勉強しとけ」と言ったそうです。どこまでも抜かりのない人でした。そこから私たちは、感傷的になる間もなく、葬儀や社葬に向けての準備を進めていきました。

哲朗は、社員に春山の死を伝えることが本当につらかったようです。亡くなった翌日、月曜日の朝礼で悲しい知らせがあると前置きした後、「金曜に急変し、日曜に亡くなった」と告げたら、みんな呆然としていました。社長の突然の死について「まだ社外には絶対に漏らしたらあかん。いまこそ、みんなで団結せなあかんで！」とみんなを鼓舞する哲朗。

春山の死去は取引先にも大きな影響を与えるので、会社を守るためには、間違った情報が伝わらないようにしなければならない。会社として公式に発表するまでは、外に漏らしてはいけないと考えてのことでしょう。そこには、父の遺志を社員一丸となって継ぐのだという決意が満ち溢れていました。

葬儀の当日、サロンに置かれた棺の中には、いちばんのお気に入りだったスーツとネクタイを着け、還暦にもらった赤い色の靴下を履いた春山が、まるで眠っているような穏やかな表情で横たわっていました。これには、「春山 満は、堂々たる姿で参列者を迎えねばあかん」という私たち家族の意思が強く反映されていて、しっかりとおめかししてから会わせられるよう通夜、告別式の段取りを考えました。

通夜の夜は、春山が願っていた通り、慣れ親しんだこの場所に親族や社員を呼び、みんなで食べて飲んでにぎやかに過ごすことにしました。誰かが春山の豪快なエピソードを話してはみんなで笑い、湿っぽいことが嫌いな主人らしいお別れをしてもらうことができたと思います。

社葬も哲朗の仕切りで、「ここからが、ハンディネットワークのまた新たなスタートである」と伝えるものになりました。「未来を拓《ひら》く光」と題したこの社葬では、春山の開発した商品やこれまでに出した本を展示し、いつも持ち歩いていたカバンの中身なども公開したのです。

このとき、哲朗は新社長として、春山の遺影の前に立ってスピーチをしました。参列いただいた方へのお礼の言葉から始まり、世代交代の決意をはっきりと表明し、「父はいなくても、ハンディネットワークはその遺志を継ぐ」と力強く話を終えました。

自分の結婚式のスピーチでもとちっていたほど、まだまだ頼りなかった哲朗が、まるで春山が乗り移ったかのように立派なスピーチをしたのです。私も感動しましたし、参列してくださった多くの方から「感動した」との言葉をいただきました。

春山は私たちに多くのものを残してくれました。それは、息子たちや社員のみんな、そして、春山を知ってくれた多くの人々の中に燈《とも》した「その先の未来を拓くための、小さな希望の光」ではないかと私は思うのです。

仲が良かったのは、難病のおかげ

春山が亡くなってからも、しばらくは夜中に目が覚める習慣が抜けませんでした。いまでも朝のコーヒーを二杯入れて遺影の前に置き、「おはよう」と声をかけています。夕方の晩酌も生前と変わらずに続け、「お疲れさん」と乾杯し、一緒にビールを飲む毎日です。もう習慣になってしまっているので、これをやらないと一日が終わる気がしないんです。不思議ですよね。

時折、もう会えない淋しさと、会いたくてしょうがない想いが湧き起こり、胸を突くような苦しい瞬間はありますが、いつまでも悲しみに浸っているわけにもいきません。何しろ、春山のことですから、きっとどこかで私たちを見ていて「失くしたものを数えるな！　前向け、前！」と思っているでしょうから。

私と春山は、結局二人で一人だったんだと思います。どちらか一人では成り立たなかった。二人で一人前です。もしも難病になっていなかったら、春山はお酒と女性と賭けごとで底まで落ちていたでしょうし、私はあきれて彼のもとを去ったでしょう。

また、私も春山が難病だったからこそ、彼の中にある本質的な強さを知り、それを心底愛することができました。そして自分自身も数多くの苦境を乗り越えながら成長することができたのです。

ハードな日々があってこそ、これほどまでに二人の魂が結びついたのだと思います。いろんなことを楽しく思えたのも、悲しみや苦しみがいっぱいあったから。乗り越えるときは本当に大変だけれど、乗り越えた後の喜びは二倍にも、三倍にもなって返ってきました。

そもそも、人間には生まれたときから誰しも役割があるはず。私は春山によって、自分の役割を見出すことができました。そして、彼が難病だったおかげで、お互いに尊重し合い、役割を果たして認め合い、どんなときも支え合える絶対のパートナーになれたのだと思います。

出会った頃の春山は、まだ磨かれていないダイヤの原石のような人でしたが、この男に一生を賭けようと思ったことにひとつも悔いはありません。

そう、誰がなんと言おうとも、自分が納得する道を歩めば、そこには後悔などないもの。たとえ失敗したって、それは自分が次のステージに行くためのチャンスになる。だから、人に何を言われようと、どう思われようとも、自分の信じた道を突き進むことを、一生懸命やってほしいと思うのです。その先には、きっと何倍もの喜びが待っているはずですから。

壺中有天。光を信じ、春山を信じ、自分を信じて

私と春山が大好きな言葉に「壺中有天《こちゅうてんあり》」というのがあります。壺の中に閉じこめられて「もうだめだ」と思っていても、目を凝らして見上げれば、満天の星を見ることができるという春山の解釈です。私たちは、どんな暗闇の中にいても、いまは何も

見えなかったとしても、絶対に光はあるのだと信じ、小さな光を見つけてはその先に進むことを繰り返してきました。

ですから、やっぱり信じることは大事だと思うのです。ああだこうだと考えすぎて、これで本当にいいのかという疑いの気持ちを持っていたら、立ち止まったまま一歩も動けなくなるだけ。過ぎたことを振り返らず、必ず光があると信じて、前を向いて一歩一歩進んでいけば、ふと気付いたとき、そこから見える景色は大きく変わっているはずです。

もちろん、ひとつ乗り越えれば、また必ず次の山が現れます。足元を固め、一歩一歩、登るように日々を生き、ずっとそれを繰り返してきましたが、私は思うのです。「人生って本当に面白い」と。

ひとつの山を越えても、それで終わってしまったら面白くありません。春山は自ら次の山を探す人ですから、私はそこについていき、頂上にたどり着いては「ええ!?また次の山を登るの?」と休むヒマもなくついていきました。けれど、それでこそ生きている実感が湧く。それでまたワクワクするのです。

登ったことの余韻に浸る間もない日々でしたが、そのおかげで、立ち止まることなく前に進めたのかもしれません。春山は、「エビは命ある限り殻を脱ぐ」という言葉が好きでしたが、それはつまり、エビは命がけで毎回殻を脱いで成長し、殻を脱がなくなった時に、一生を終えるという意味です。

私自身、若い頃はあまりの忙しさに疲れ切り、「これでいいのか」と迷うこともありました。でも、四〇代になってから「これが自分の役割だ」と思い、春山を信じ、春山を選んだ自分自身を信じるようになったのです。その結果、「楽しかった」「これで良かった」と素直に思える、そんな毎日を生きることができたと感じています。

いま、春山に対して思うのは、「本当にありがとう。お疲れさま。楽しかったよ！」ということ。長いと言えば長かった二人で乗り越え続けてきた日々。けれど、振り返れば本当にあっという間の三十数年間でした。

もしもいま、迷っていた頃の自分に声をかけることができるなら、「その光を信じて正解よ」と伝えてあげたい。

「暗闇でも、その先に光があることを信じて進みなさい」と。

おわりに

いま思えば、本当に充実した三十数年間を彼とともに生きることができたのだと、あらためて感じています。次から次へといろいろなことがあり、立ち止まって考える間もなく、また次へと向かった日々。数えきれないほどの思い出が胸に残り、大変だったことも、うれしかった出来事も、すべては輝く星のひとつひとつのように大切なものとなっています。

普通の夫婦とは違い、例えば服を着ることひとつにすらも私たち夫婦は三倍の時間がかかったけれど、それによって得たものは数十倍も大きかったのではないかと思うのです。自ら望んだわけではなく、ただただ前に向かうため、黙々と進んできた毎日。私たちにとっては、それが「生きる」ということでした。

「たった一回きりの人生を自分らしく生きる」

また、「どんなときにも希望を捨てない」という信念が芽生えたのも、春山と出会えたからこそでした。彼の難病が発覚し、借金も抱えていたあの頃、「このどん底にいるいまが最後じゃない。必ずその先に光がある」と心の底から思えるようになったのです。何があろうと、二人で生きていけば、その先もきっと楽しいはずだと。

人生、人それぞれにたいへんさがあり、理不尽なこともたくさんあると思います。でも、そのひとつひとつをしっかり受け止め、向き合って生きていけば、いつかきっと、自分自身にとってかけがえのない、とても大切なものを得ることができるのだと。

私自身も春山の病気と向き合って生きていく中で、いろいろなことを教えてもらえました。どんなにどん底にいても希望を捨てずに生きたら、必ず与えられるもの、得るものがある。だから、神様はいるかもしれないと思うのです。「よう頑張ったからご褒美をあげるよ」と微笑んでくれる瞬間が来ることを信じてほしいと思うのです。どんなに苦しくても、その先にはきっと大きな喜びが待っているはずです。

そしてもうひとつ。私たちがここまで来ることができたのは、周りの多くの人たちの理解と助けがあったからこそ。自分たちだけで生きているのではなく、支えてくれるたくさんの人たちがいました。そして、子どもたちの存在は私たち夫婦が生きていくための大きな糧となり、育てていく過程の中で私たちもまた成長できたのだと感じます。

春山はこの世を去りましたが、彼はいまも私の中で生き続けています。

二人でよくコーヒーを飲んだ自宅のテラスにいると、春風の心地良さとともに「由子、ようがんばったなあ」と、主人の声が聞こえてくるような気がしています。

彼の遺した「失くしたものを　数えるな！」というメッセージとともに。

二〇一五年三月

春山由子

仲《なか》が良《よ》かったのは、難病《なんびょう》のおかげ

二〇一五年五月一五日　第一刷発行

著　者――春山由子《はるやまゆうこ》

発行者――鈴木　哲

発行所――株式会社講談社

東京都文京区音羽二丁目一二-二一　郵便番号一一二-八〇〇一

電話　〇三-五三九五-三五二一　編集（現代新書）

〇三-五三九五-四四一五　販売

〇三-五三九五-三六一五　業務

装丁者――大野リサ

印刷所――慶昌堂印刷株式会社

製本所――株式会社大進堂

ISBN978-4-06-219492-1　N.D.C.914　198p　19cm